書下ろし

鬼神になりて

首斬り雲十郎④

鳥羽 亮

祥伝社文庫

目次

浅草寺
阿部川町
下谷
不忍池
筋違御門
浅草御門
両国橋
本所
両国広小路
竪川
大川
江戸橋
日本橋
日本橋小網町
小名木川
楓川
京橋
深川
永代橋
八丁堀
本湊町
新ｼ橋
木挽町
西本願寺

『鬼神になりて 首斬り雲十郎』の舞台

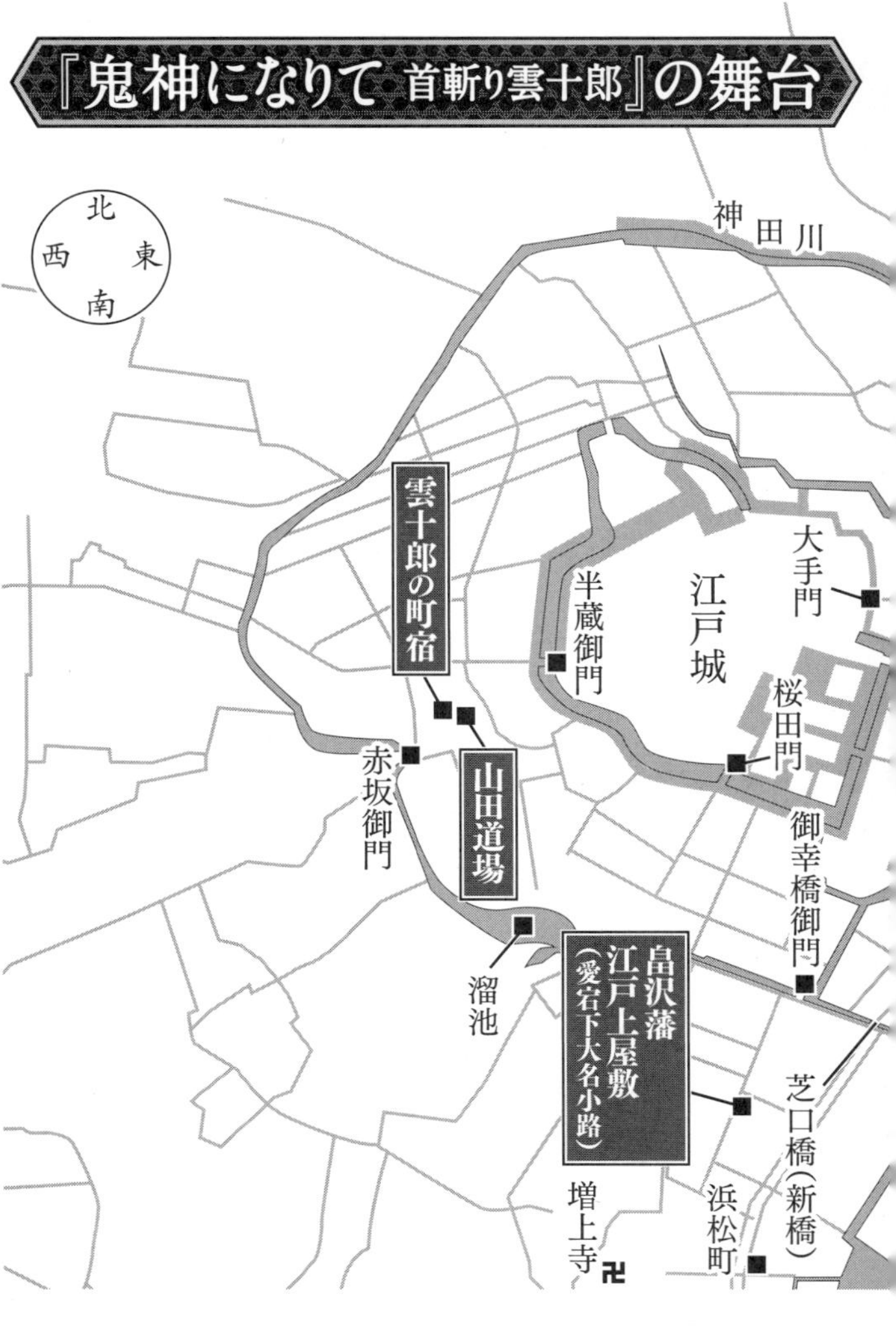

第一章　試刀術

1

五ツ（午後八時）過ぎ——。上空に、十六夜《いざよい》の月が浮かんでいる。

そこは愛宕下《あたご》、永井町《ながいちょう》。静かだった。通り沿いの家々から洩《も》れてくる灯もなく、ひっそりと夜の帳《とばり》につつまれている。家々は闇に沈み、東方に増上寺《ぞうじょうじ》の黒々とした杜《もり》が夜陰を圧するように見えていた。

通り沿いの空き地の笹藪《ささやぶ》の陰に、三人の男が身をひそめていた。

馬場新三郎《ばばしんざぶろう》、浅野房次郎《あさのふさじろう》、室川繁之助《むろかわしげのすけ》の三人である。三人は陸奥国畠沢藩《むつのくにはたざわはん》、七万五千石の江戸勤番の藩士である。

「そろそろ、来るころだな」

馬場が低い声で言った。

馬場は二十八歳、徒士《かち》である。六尺ちかい偉丈夫で、顔が赭黒《あかぐろ》く、眉《まゆ》や髭《ひげ》が濃い。いかつい顔の主だが、なんとなく愛嬌《あいきょう》があった。悪戯《いたずら》小僧を思わせるような丸い大きな目のせいかもしれない。

「市下《いちげ》ひとりか」

浅野が念を押すように訊《き》いた。

浅野は三十がらみ、肌が浅黒く、眼光がするどかった。剽悍《ひょうかん》そうな面構《つらがま》えである。

浅野は、目付組頭だった。

馬場たち三人は、畠沢藩士の市下十郎太《じゅうろうた》が、通りかかるのを待っていたのだ。市下は、江戸詰の御使番《おつかいばん》である。

「ひとりです。舟田《ふなだ》を、五ツ前に出るはずです」

室川が通りの先に目をやって言った。

室川は、まだ二十がらみだった。目付で、浅野の配下である。舟田は、増上寺の裏手にある料理屋だった。

浅野の配下の目付が、市下が国許から出奔《しゅっぽん》した藩士、稲川仙九郎《いながわせんくろう》と滝沢裕助《たきざわゆうすけ》のふたりと接触しているという情報をつかんだ。それで、浅野たちは、市下を押さえて話を聞くつもりでここに張り込んでいたのだ。

稲川と滝沢は先手組《さきてぐみ》だったが、国許の年寄《としより》、利根村佐内《とねむらさない》を下城時に襲って斬殺し、そのまま江戸に逃走したとみられていた。

畠沢藩の年寄は、家老に次ぐ重職である。現在、年寄は国許にふたり、江戸にひとりいる。畠沢藩の場合、用人から年寄、そして家老に栄進するのが出世の道とされていた。その年寄の利根村を、稲川と滝沢は、斬殺して逃げたのである。

「市下は、舟田で稲川たちと会ったのか」

浅野が訊いた。

「それは、分かりません」

室川によると、市下が藩邸を出るのを目にし、そばにいた目付の矢野勝太郎《やのかったろう》とふたりで跡をつけ、市下が舟田に入ったのを目にしたという。

その後、矢野を見張りに残し、室川だけが藩邸にもどって、組頭の浅野に知らせたそうだ。

「矢野は、舟田を見張っているのだな」

馬場が訊いた。

「そのはずです」

「いずれにしろ、この刻限まで、使番の市下が料理屋にいること自体、ただごとではない。……事情を訊けば、何か不正が出てくるはずだ」

浅野が顔を厳しくして言った。

「おれは、市下を峰打ちで仕留めれば、いいのだな」

馬場が念を押すように訊いた。

「市下が、逃げようとしたときにな」

「承知した」

目付筋でない徒士の馬場が、この場にいるのは、それなりのわけがあった。

馬場は鏡新明智《きょうしんめいち》流の遣い手だった。十八歳のおり、江戸詰を命じられて出府し、南八丁堀大富町《みなみはっちょうぼりおおとみちょう》、蜊河岸《あさりがし》にあった桃井春蔵《もものいしゅんぞう》の鏡新明智流の道場、士学館《しがくかん》に通って修行したのである。

その腕を見込まれ、江戸で事件を起こした家臣の探索や捕縛などのおり、馬場は浅野の依頼で手をかしてきたのだ。

「矢野が、来ました！」

室川が身を乗り出して言った。

通りの先を見ると、夜陰のなかに走り寄る人影が見えた。月光のなかに浮かび上がった姿は、羽織袴《はおりはかま》の武士、矢野である。

室川が走り出て、矢野を笹藪の陰に連れてきた。

「市下は？」

すぐに、浅野が訊いた。

「き、来ます、こちらへ」

矢野が荒い息を吐きながら言った。

「ひとりか」

「はい」

「舟田でだれと飲んだか、分かるか」

矢継《やつ》ぎ早《ばや》に、浅野が訊いた。

「分かりません。舟田から出たときは、市下ひとりでした」

「ひとりで、飲むはずはない。用心して、別々に店を出たのだな」

「それがしも、そうみました」

矢野が言った。

「いずれにしろ、門限をだいぶ過ぎている。押さえて、話を聞こう」

浅野が言うと、他の三人がうなずいた。

「おい、来るぞ」

馬場が通りの先に目をやって言った。

見ると、羽織袴姿の武士が、こちらへ足早に歩いてくる。大柄な男である。市下らしい。

「おれと、室川が市下の後ろへまわる」

馬場が声をひそめて言った。

「おれと矢野は、前だな」

浅野が言うと、室川と矢野がうなずいた。

市下が近付いてきた。その姿が月光に浮かびあがり、静寂《せいじゃく》のなかに足音だけが大きく響いている。

室川が十間《じっけん》ほどに迫ったとき、

「行くぞ！」

浅野が小声で言い、矢野とともに笹藪の陰から飛びだした。

すかさず、馬場と室川も走りだし、市下の背後にむかった。ザザッ、と叢《くさむら》を分ける音が、辺りの静寂を破った。

ギョッ、としたように市下が立ち竦《すく》み、凍りついたように身を硬《かた》くした。笹藪の陰から、野犬の群れでも走り出たと思ったのであろうか――。

だが、市下は走り出たのが人だと気付くと、

「なにやつ！」

と叫びざま、右手で刀の柄を握った。

浅野と矢野は、市下の前に立ち、

「目付筋の者だ。……市下、待っていたぞ」

浅野が、市下を見すえて言った。

「な、何の用だ！」

市下が、声を震わせて訊いた。

「すでに、藩邸の門限は過ぎている。市下、どこに行っていたのだ」

浅野の声はするどかった。

「……し、知らぬ」

「おぬしが、舟田に行っていたことは承知している」

「なに……」

市下の顔がこわばった。

「だれと、会っていたかも、分かっている」

「……！」

市下の顔が、ひき攣《つ》ったようにゆがんだ。そして、震える手で刀の鍔元《つばもと》を握り、鯉《こい》口《ぐち》を切った。

これを見た馬場は、

……こやつ、刀を抜く気だ！

と察知し、右手で刀の柄を握った。市下が刀を抜いて歯向かえば、峰打ちで仕留めようと思ったのである。

「市下、われらに、歯向かうつもりか！」

浅野が声を上げた。

そのとき、脇にいた矢野が、刀を抜こうとして右手で柄を握り、腰を沈めた。

「お、おのれ！」

市下が叫びざま、抜刀し、いきなり矢野に斬りつけた。

ザクッ、と矢野の左肩から胸にかけて着物が裂け、血が噴いた。

矢代は呻《うめ》き声を上げ、後ろによろめいた。

なおも、市下は矢野に斬りつけようとして、刀を振りかぶった。

すかさず、馬場が踏み込みざま、
タアッ！

鋭い気合を発し、刀身を横に払った。一瞬の太刀《たち》捌《さば》きである。

ドスッ、というにぶい音がし、市下の上体が前にかしいだ。馬場の峰打ちが、市下の脇腹をとらえたのである。

市下は刀を取り落とし、腹を押さえてうずくまった。苦しげな呻き声を上げている。肋骨《ろっこつ》が、折れたのかもしれない。

浅野は馬場の手も借りて、市下を後ろ手にとって縛《しば》り上げると、傍《かたわ》らにうずくまっている矢野に、

「しっかりしろ！」

と、声をかけた。

矢野は、苦しげに顔をゆがめて、

「だ、大事ありません」

と、声をつまらせて言い、ふらつきながら立ち上がった。肩から胸にかけて、着物が真っ赤に染まっている。

「矢野、手ぬぐいで、傷口を押さえるぞ」

馬場が手ぬぐいを取り出して畳《たた》み、傷口に当てて押さえ付けた。すこしでも、出血をとめようとしたのである。

「ともかく、ふたりを藩邸に連れていこう」

浅野が市下を立たせた。

馬場が矢野に連れ添い、夜陰のなかを藩邸にむかった。

2

閃光がはしった次の瞬間、サクッ、とかすかな音がし、刀身が畳の間に吸い込まれた。

鬼塚雲十郎《おにづかうんじゅうろう》は、真剣を手にしたまま動きをとめた。雲十郎の刀身は、二枚の畳の間に膝《ひざ》ほどの高さでとまっている。畳を斬らなかったので、藁屑《わらくず》は、ひとつも落ちていない。

二枚の畳は、一寸ほどの隙間《すきま》をとって、立てられていた。その隙間に、雲十郎は斬り込んだのである。

これは、山田《やまだ》流試刀術の稽古《けいこ》のひとつだった。刃筋をたて、上段から真《ま》っ直《す》ぐ斬り下ろすために、狭い畳の隙間に斬り込むのである。刃筋を立てて真っ直ぐ斬り下ろさないと、畳を斬りつけることになるのだ。

雲十郎がいるのは、山田道場の稽古場だった。数人の門人が、巻藁を斬ったり、立てた畳の間に斬り下ろしたりして試刀の稽古をしている。

道場主は、山田浅右衛門《あさえもん》（朝右衛門とも）吉昌《よしまさ》である。浅右衛門は、世に「首斬り浅右衛門」と呼ばれて恐れられていた。山田家を継いだ者は、代々浅右衛門を名乗り、吉昌は六代目であった。

山田家は代々『徳川家御佩刀御試御用役《とくせんけごはいとうおためしごようやく》』を家職としてきた。徳川家の所有する刀、槍、薙刀《なぎなた》などの斬れ味を試す役柄である。

どうやって、斬れ味を試すかというと、多くの場合、ひとの死体を斬るのである。そのため、山田家では、長年にわたり死体を斬る刀法が工夫《くふう》されてきた。刀法だけではない。心を練《ね》る工夫もなされてきたのだ。そうした試刀にかかわる心技を編《あ》まれたものが、山田流試刀術である。

ただ、浅右衛門に、人斬りの異名がつけられたのは、刀の斬れ味を試すために、死体を斬っていたからではない。実際に、生きている罪人の首も斬っていたのである。山田家は、刀槍などの御試御用の他に、幕府によって死罪に処せられる者の首斬り役も代々受け継いできたのだ。

したがって、山田流試刀術は、斬首のための刀法でもあった。畳の間に、真っ直ぐ斬り下ろす稽古は、首を打つための稽古でもある。

「鬼塚どの、お見事！　軒《のき》の蜘蛛《くも》ですか」

長谷川新助《はせがわしんすけ》が、そばに来て感嘆の声を洩らした。

長谷川は御家人の次男で、山田流試刀術の稽古に通っている若者だった。山田道場には、軽格の藩士や小身の旗本、御家人の子弟などが、門弟として通っていた。いずれも、試刀術で身を立てようと思っている者たちである。

雲十郎も、そのひとりだった。畠沢藩の江戸詰の家臣だが、山田流試刀術を会得《えとく》するために、稽古に通っていたのだ。

雲十郎は二十七歳。白皙《はくせき》で、鼻筋の通った端整な顔をしていた。その顔に、憂《うれ》いの翳《かげ》があった。山田流試刀術を身につけるため、多くの死体を斬り、ときには生きた者の首を斬ってきたからであろうか――。

「そのつもりだ」

雲十郎は、刀身を畳の間から抜いた。

「畳を斬らなかったばかりか、息の乱れもない。……わたしには、まだ無理です」

長谷川が言った。

「なに、すぐに斬り込めるようになる」

雲十郎は刀を鞘《さや》に納めた。

山田流試刀術の技のなかに「軒の蜘蛛」とか「軒蜘蛛」と呼ばれるものがあった。刀法というより、教えといった方がいいだろう。

軒先から、スーと下がる蜘蛛のごとく、刀を真っ直ぐ斬り下ろせということだが、それだけではない。軒から下がる蜘蛛を脳裏《のうり》に描くことで、場に臨んだおりの気の昂《たかぶ》りや雑念を払うことができるのだ。

雲十郎はもう一度、二枚の畳の前に立ち、ゆっくりと刀を抜いて振りかぶった。

そのとき、川田栄次郎《かわたえいじろう》という若い門弟がそばに来て、

「鬼塚どの、馬場どのがみえてます」

と、小声で言った。川田も御家人の冷や飯食いである。

「馬場か」

雲十郎は刀を下ろした。

馬場新三郎は、雲十郎と同じ畠沢藩の徒士である。

それればかりか、雲十郎は馬場と同じ町宿《ちょうじゆく》に住んでいたのだ。

町宿というのは、江戸の藩邸に入れなくなった家臣が住む、市井《しせい》の借家などのことである。

馬場は、長年町宿で独《ひと》り暮らしをしていた。雲十郎が出府したおり、山田道場に通うことも考え、馬場の暮らす町宿に同居させてもらうことになったのだ。

馬場の住む町宿は、外桜田山元町《そとさくらだやまもとちょう》にあった。山元町は、山田道場のある平川町《ひらかわちょう》

の隣町である。

「おふたりですよ」

川田によると、馬場といっしょにもうひとり武士が来ているという。

川田は、山田道場に何度か顔を見せたことのある馬場は知っていたが、もうひとりは知らないようだ。

「そうか」

雲十郎は、すぐに道場の戸口にむかった。

戸口に立っていたのは、馬場と浅野だった。

雲十郎は、浅野のことをよく知っていた。これまで、何度か浅野がかかわった事件に、馬場といっしょに手を貸したことがあったのである。

「鬼塚、ちと、話がある」

馬場が言うと、

「稽古は、抜けられるか」

浅野が、小声で訊いた。

「すぐ、着替えてくる」

雲十郎は、稽古着だった。このまま道場を出るわけにはいかない。

すぐに、雲十郎は道場にもどり、道場の脇にある着替えの間で羽織袴に着替えてから戸口にもどった。

「このまま帰れるのか」

馬場が訊いた。

「かまわん。今日の稽古は、終わりだ」

山田道場は、決まった稽古時間があるわけではなかった。試刀術の稽古はほとんど独り稽古なので、都合のいい時間に道場に入り、勝手にやめて道場を出てもかまわないのだ。

「ならば、家に帰りながら話すか」

馬場が言った。

3

山田道場の戸口から離れたところで、

「鬼塚、頼みがある」

歩きながら、浅野が言った。

「頼みとは？」

「市下を捕らえたことは、知っているな」

「馬場から聞いている」

雲十郎が、馬場から市下を捕らえたことを聞いたのは、十日ほど前だった。馬場によると、目付の矢野が深手を負《お》い、命はとりとめたが、いまも藩邸内で養生しているという。また、捕らえられ市下も怪我をしたが、峰打ちだったのでたいしたことはなく、浅野たちが吟味《ぎんみ》をつづけているとのことだった。

「やはり、市下は、稲川と滝沢に会っていたようだ」

浅野が言った。

「それで？」

雲十郎は、馬場から稲川と滝沢のことを聞いていた。

「市下は、国許からの討っ手のことや、われら目付筋の動きを稲川たちに知らせていたらしい」

国許からの討っ手は、三人だった。討っ手といっても、敵《かたき》討ちである。殺された利根村の嫡男《ちゃくなん》の俊之助《しゅんのすけ》と長女のはま、それに叔父《おじ》の谷崎孫蔵《たにざきまごぞう》が藩の許しを得て、敵討ちのために出府していたのである。

女のはまや叔父の谷崎が、俊之助に同行したのは理由があった。俊之助はまだ十二歳で、元服を終えたばかりだった。しかも、利根村家には男子が俊之助しかおらず、やむなく長女のはま、十四歳が、同行することになったらしい。

それでも心許《こころもと》無いので、叔父の谷崎が後見人のような形でいっしょに出府したようだ。話によると、孫蔵は一刀流《いっとう》の遣い手らしい。孫蔵の姓が変わったのは、谷崎家に婿《むこ》に入ったからである。

「なぜ、市下は、谷崎どのたちのことを稲川たちに知らせていたのだ」

雲十郎が訊いた。

「同門の誼《よしみ》だと言っていたが……」

浅野が首をひねった。浅野も腑《ふ》に落ちなかったのだろう。

「同門というと？」

「国許にいるとき、市下も稲川たちと同じ鬼仙《きせん》流の道場に通っていたようだ。市下は稲川たちと兄弟弟子だったらしい」

「また、鬼仙流か」

思わず、雲十郎の声が大きくなった。このところ、鬼仙流一門の者が、藩内で揉《も》め事《ごと》を起こすことが多かったのだ。

鬼仙流をひらいたのは、荒山鬼仙斎《あらやまきせんさい》。鬼仙斎は修験者《しゅげんじゃ》だったが、武芸好きで、兵法者のように剣術の修行をしながら諸国をまわって腕を上げた。そして、畠沢藩の領内の山間《やまあい》の僻村《へきそん》に住み着いて、鬼仙流の道場をひらいた。当初、門弟の多くは、郷士、猟師、百姓《ひゃくしょう》の子弟などだったが、しだいに藩士も入門するようになり、いまは多くの藩士が城下にある道場に通っている。

鬼仙流の道場で指南するのは、敵を斬殺することのみを目的とした荒々しい剣法だった。そのため、竹刀《しない》での打ち合いはほとんどおこなわず、木刀を遣ったり、ときには簡単な防具を身につけて、刃引の刀を遣ったりもした。

そうしたこともあって、領内の騒動や家臣の間の揉め事などのおり、鬼仙流一門の者が凶刃をふるうことが多かった。

その鬼仙斎が、藩の重臣の間の確執にくわわって出府し、大目付の先島松之助《さきしままつのすけ》の命を狙ったことがあった。雲十郎は、馬場や浅野に味方して鬼仙斎と闘い、何とか討ちとった。したがって、いま鬼仙流の道場主は、いないはずである。

「すると、稲川と滝沢は、鬼仙流を遣うのか」

雲十郎が訊いた。

「ふたりとも、鬼仙流の遣い手らしい」

「厄介な相手だな」

「相手が鬼仙流の遣い手なので、叔父の谷崎どのも出府したらしい。谷崎どのは、国許では名の知れた一刀流の遣い手なのだ」

「おれも、谷崎どのの名は聞いている」

畠沢藩の領内には、鬼仙流の道場の他に楢林稲七郎《ならばやしとうしちろう》なる者がひらいた一刀流の道場があり、谷崎は楢林道場の師範代までやった遣い手である。

「谷崎どのがいっしょなら、稲川と滝沢に後《おく》れをとるようなことはないと思うが……」

浅野は語尾を濁《にご》した。稲川と滝沢が鬼仙流一門と知って、谷崎たちは危うさを覚えたのかもしれない。

鬼仙流は、相手を斬殺することだけを目的にした刀法を指南しており、背後から襲ったり、寝込みを狙ったりすることもある。剣の腕がたつというだけでは、返り討ちに遭う恐れがあったのだ。

「ところで、稲川と滝沢だが、なぜ年寄の利根村さまを襲ったのだ」

雲十郎が訊いた。先手組の稲川と滝沢が、重臣の利根村を襲って斬殺したのである。それだけの理由があるはずだった。

「それが、はっきりしないのだ。……市下は、一刀流と鬼仙流の争いだと言っていたが……。確かに、利根村さまは一刀流の遣い手として名の知れた方だが、道場に通わなくなって、十数年は経《た》つからな」

浅野が、首をひねりながら言った。腑に落ちないのだろう。

雲十郎も、流派間の確執だけではない、と思ったが、

「それで、頼みというのは」

と、声をあらためて訊いた。

「ご家老のご指示でもあるが、敵討ちの助太刀《すけだち》を頼みたいのだ」

どうやら、江戸家老の小松東右衛門《こまつとうえもん》から話があって、浅野が道場を訪ねてきたらしい。

すると、馬場が脇から、

「おれも、助太刀を頼まれているのだ」

と、言い添えた。

「承知した」

江戸家老の命となれば、嫌とは言えなかった。雲十郎は、畠沢藩士である。

「他にも、ご家老からのお指図がある」

浅野が言った。

「なんだ?」

「まだ決まったわけではないが、市下の切腹の介錯《かいしやく》を頼みたいとのことだ」

「市下は、腹を切るのか」

「そうなるはずだ。……いま、国許におられる殿の許に、市下の罪状を記したご家老の上申書が届けられている。……市下は、年寄の利根村さまを斬殺して出奔した稲川たちと内通していたばかりか、目付の者も斬っている。……切腹はまぬがれまい」

「うむ……」

雲十郎も、国許から切腹の沙汰《さた》があるのではないかと思った。

「そうなれば、介錯人がいる。それを、鬼塚に頼みたいとのことだ」

「分かった。そのときは、市下の介錯人をいたす」

承知するしかなかった。雲十郎の役柄は徒士だが、畠沢藩の介錯人でもあったのだ。

雲十郎が徒士でありながら山田道場に通い、試刀術を学んでいるのは、それなりの理由があった。

雲十郎が出府する前、後藤安蔵《ごとうやすぞう》という先手組の者が城下で酒を飲み、泥酔《でいすい》した揚《あ》げ句《く》、些細《ささい》なことで藩士を斬り殺してしまった。

後藤は切腹を命ぜられ、城下の寺の境内《けいだい》で腹を切ることになった。ところが、介錯人を引き受ける者がなく、やむなく剣の達者と評判のあった富沢弥之助《とみざわやのすけ》という家臣が介錯をすることになった。

ところが、富沢が大変な失態を演じた。介錯の経験のなかった富沢は、緊張して体が硬くなり、後藤の首ではなく後頭部に斬り付けてしまったのだ。

絶叫を上げて、地面をのたうちまわる後藤を、介添《かいぞ》え人たちが取り押さえ、富沢が刀身を首に当てて、押し斬りにした。

この醜態《しゅうたい》を耳にした藩主の倉林阿波守忠盛《くらばやしあわのかみただもり》は、激怒し、

「わが家中には、切腹の介錯ができる者もおらぬのか」

と声を荒らげ、城代家老の粟島与左衛門《あわしまよざえもん》に、腕のいい介錯人を養成するよう命じたのだ。

粟島は、腕のいい介錯人を育成するには、江戸の山田道場で修行させるのが早道だと考えた。粟島は江戸詰だったことがあり、山田道場の噂《うわさ》を耳にしていたのである。

粟島が目をつけたのが、雲十郎だった。そのとき、雲十郎はまだ若く、しかも家中では、名の知れた田宮《たみや》流居合の遣い手であった。

雲十郎の家族は、隠居した父親の五兵衛《ごへえ》、母親のひさ、それに十五歳の妹の房江《ふさえ》だった。雲十郎が単独で出府しても、家族は暮らしていけるはずである。それに、雲十郎は三十五石の徒組《かちぐみ》だった。

重職にある者を出府させて、斬首の技を身につけさせるわけにはいかなかったが、三十五石の徒士なら承知するはずである。それに、己の剣の修行にもなるだろう。そう考えて、粟島は雲十郎を出府させ、山田道場に入門させたのである。

「介錯は、また藩邸内ということになるな」

浅野が言い添えた。

4

「どうだ、市下の覚悟のほどは?」

雲十郎が、浅野に訊いた。

今日は、市下が愛宕下の畠沢藩の上屋敷で、切腹をする日だった。浅野が山田道場からの帰りに、市下の切腹の介錯の話をしてから半月ほど経っている。

一昨日、浅野が雲十郎と馬場の住む町宿に来て、市下の切腹が二日後におこなわれることを知らせたのだ。場所は、上屋敷の中庭である。以前、やはり藩士の切腹を介錯したおりも、中庭が使われた。

そして、今朝早く、浅野が雲十郎を迎えにきたので、市下の覚悟のほどを訊いたのである。

介錯が無事済むかどうかは、市下が切腹にどう臨むかにかかっている。切腹を拒《こば》んだり、暴れだしたりすれば、介錯のやりようがないのだ。

「覚悟はしているようだが、自分で、腹が切れるかどうか……」

浅野によると、市下は切腹の沙汰が下された当初は取り乱して、喚《わめ》いたり暴れたりしたようだが、ちかごろは静かに過ごしているという。ただ、食事もまともに摂《と》らず、ひどく憔悴《しょうすい》しているそうだ。

「うむ……」

雲十郎は、市下の様子を見て、己で腹を切る前に首を落とすことになるかもしれない、と思った。

「行くか」

馬場が立ち上がった。今日は、馬場が介添え役をしてくれるのだ。

おだやかな晴天だった。朝陽が町筋を淡い茜《あかね》色に染め、涼気をふくんだ微風が頬《ほお》を撫《な》でていく。

雲十郎たち三人は町宿を出ると、山元町の町筋を愛宕下にむかった。まだ、明け六ツ(午前六時)の鐘が鳴ったばかりで、通りの人影はすくなかった。朝の早い出職の職人や豆腐売りなどが通りかかるだけである。

「藩士たちも、切腹の場に来るのか」

歩きながら、雲十郎が訊いた。

「来るだろうな」

浅野によると、藩の重臣たちの席は用意してあるが、他の家臣たちの席はないそうだ。それでも、縄を張ってある外から見る家臣たちがいるはずだという。

「市下の切腹を、快《こころよ》く思っていない者もいるのか」

雲十郎が訊いた。切腹の沙汰に異を唱《とな》える者たちがいれば、市下に対して声をかけたり、不服の声を上げたりしかねない。そうした声は、切腹者を動揺させるだけでなく、介錯人の心も乱す。

「何人かは、いるかもしれない」

市下と同じ御使番や鬼仙流の門人だった者のなかに、市下に同情する者がいるかもしれない、と浅野が話した。

「市下は、どなたの配下だったのだ」

御使番は、用人や年寄について使者を務めている。また、有事のおりには、重臣たちの間の伝令役にもなる。

「用人の、原柴益右衛門《はらしばますえもん》さまだ」

「原柴さまか」

雲十郎は、原柴のことはあまり知らなかった。原柴が江戸詰になって、まだ一年ほどしか経っていない。雲十郎は、原柴の顔を見かけたことがあるだけである。

そんなやりとりをしながら歩いているうちに、雲十郎たちは愛宕下にある畠沢藩の上屋敷についた。

雲十郎たちは江戸家老の小松の小屋で、支度《したく》することになっていた。小屋といっても、重臣たちの住む独立した屋敷である。

雲十郎たちは、小屋に入る前に中庭にまわった。切腹の場を見ておこうと思ったのである。

中庭に入るとすぐに、浅野が、

「そこだ」

と言って、中庭の一角を指差した。

庭が掃き清められ、砂が撒《ま》かれていた。数人の藩士が中間《ちゅうげん》たちに指示して、白幕を張っている。いま、切腹の場の準備をしているところらしい。

雲十郎は切腹の場の隅《すみ》に立つと、陽の位置を確かめ、切腹者の座る場所と介錯人の立つ位置を思い描いた。そして、中間たちに指図をしている藩士に、切腹者と介錯人が正面から陽を受けないように場を造ってくれと頼んだ。

「心得ました」

若い藩士は、雲十郎が介錯人であることを知っているらしく、緊張した面持《おもも》ちで言った。

「ご家老に、お会いしよう」

雲十郎が言った。

雲十郎たち三人は、小松の小屋にむかった。

小屋の座敷に、小松、徒士頭の大杉重兵衛《おおすぎじゅうべえ》、大目付の先島松之助が待っていた。大杉は馬場や雲十郎の上司だった。また、先島は浅野を支配している男である。

雲十郎は座敷に座ると、時宜《じぎ》を述《の》べた後、

「先に、切腹の場を見させていただきました」

と、言い添えた。

「あれで、どうかな」

大杉が訊いた。切腹の場にいた藩士に直接指示を出したのは、大杉らしい。

「結構でございます」

すでに、雲十郎は馬場を通して、介錯のおりに使う手桶《ておけ》の水、柄杓《ひしゃく》、死体を入れる棺桶《かんおけ》などを用意するよう、大杉に伝えてある。それに、以前藩士が切腹したとき、大杉や先島は、切腹の場の支度やその後の始末など経験しているのでぬかりはないだろう。

雲十郎と馬場は、座敷にいっとき休んだ後、小松が下女に用意させた湯漬けで腹ごしらえをしてから、介錯の支度にかかった。

支度といっても簡単である。用意した襷《たすき》で両袖を絞り、袴の股立《ももだち》をとり、刀の目釘を確かめるだけである。

雲十郎と馬場が支度を終えると、すぐに年配の目付がふたり、雲十郎と馬場を迎えにきた。

「鬼塚、頼んだぞ」

小松が声をかけた。

「ハッ」

雲十郎はあらためて小松たちに頭を下げ、馬場とともにふたりの目付にしたがった。小松たちは、正面に用意される床几《しょうぎ》に腰を下ろし、そこから切腹の様子を見届けることになるだろう。

雲十郎は羽織を肩にかけ、介錯に遣う刀を手にして座敷を出た。

5

雲十郎と馬場は、ふたりの目付に先導されて、白幕の間から切腹の場に入った。白幕でかこわれたなかに切腹の場が準備されていたが、まだ、切腹する市下の姿はない。縄を張った右手の奥に、藩士たちが立っていた。三、四十人いようか。いずれも、緊張した顔付きで、姿を見せた雲十郎たちに目をむけている。

正面の屋敷側に並べられた床几には、数人の重臣が腰を下ろしていたが、まだ小松や先島の姿はなかった。

切腹の場には、縁《ふち》なし畳が二枚並べられ、背後に白屏風《しろびょうぶ》が立てられている。切腹する者は、白屏風を背にして座るのだ。

雲十郎と馬場は、切腹の場の左手に案内された。そこが、介錯人と介添え人の控《ひか》えの場で、床几が置かれ、その前に水の入った手桶と柄杓が用意されていた。そばに、中間が四人ひかえていた。いずれも、こわばった顔をしている。

四人の中間は切腹者の死体を運び出す役だが、切腹者が暴れたり、逃げ出したりすれば、雲十郎の指示で取り押さえる役も果たすはずだ。

雲十郎が控えの場で羽織を脱《ぬ》いだとき、正面で複数の足音がし、重臣たちが姿を見せた。小松、大杉、先島、それに、用人の原柴の姿もあった。原柴は、四十がらみであろうか。恰幅《かっぷく》がよく、赤ら顔だった。ギョロリとした大きな目をしている。

小松がなかほどの床几に腰を下ろすと、他の重臣たちも左右に分かれて床几に腰を下ろした。

そのとき、白幕の近くにいたふたりの藩士が幕を上げた。

すぐに、幕の間から四人の藩士が姿を見せた。二番手に、浅葱《あさぎ》色で無紋の肩衣に白小袖姿の武士がいた。切腹する市下である。

市下に付き添って入ってきた三人の藩士は、市下の前にひとり、両脇にふたりついていた。

正面に居並んだ重臣の小松たちと、右手の奥に立っている藩士たちの目が、いっせいに市下にむけられた。

市下の顔は、紙のように蒼《あお》ざめていた。体が顫《ふる》えているらしく、肩衣が小刻《こきざ》みに揺れていた。腰も、わずかにふらついている。

雲十郎は市下の姿を見て、

……取り乱している！

と、思った。市下は、平静さを失っている。

「鬼塚、市下は腹を切れそうもないぞ」

馬場も、市下が取り乱していることに気付いたようだ。

「だが、みごと、腹を切らせねばならない」

武士の切腹の場合、そのときの態度や腹の切りざまは、後世まで語り継がれる。無様な姿を見せれば、本人の名誉を傷つけるだけでなく一族郎党まで恥をかくことになる。

介錯人は、ただ切腹者の首を斬るだけではない。切腹の場で無様な姿は見せずに、みごとに腹を切らせ、切腹者の名誉を守ってやることも大事な仕事である。それが、介錯の腕でもある。

市下はふらつくような足取りで切腹の場に近付き、介添え役のふたりの藩士にうながされて、なんとか座した。体が揺れ、視線が空《くう》をさまよっている。

そのとき、先島が床几から立ち上がり、市下に近付くと、

「市下、何か言い残すことがあれば、聞いておくぞ」

と、静かな声で言った。

市下はいっとき口をとじていたが、

「……な、ない」

と、掠《かす》れ声で言った。

先島はちいさくうなずくと、雲十郎に歩を寄せて、「頼む」と小声で言い、正面の床几にもどった。

雲十郎と馬場が、立ち上がった。雲十郎は平静だったが、馬場はいくぶん緊張しているらしく、顔がこわばっていた。

雲十郎は山田道場の門弟として、小伝馬町《こでんまちよう》にある土壇場《どたんば》で、多くの罪人の斬首を目の当たりにしていたし、自分でも罪人の首を何度か斬っていたので、こうした場に慣れていたのである。

白幕の間から、あらたに三人の藩士が入ってきた。先頭の藩士が、三方《さんぼう》を手にしていた。三方には、奉書紙につつんだ短刀が載せてある。切腹者が腹を切るときに遣われる白鞘の九寸五分の短刀である。

雲十郎は刀を腰に帯《お》び、

「まいるぞ」

と、馬場に声をかけた。

腰の刀は、石堂是一《いしどうこれかつ》が鍛《きた》えた名刀である。

馬場は無言でうなずき、水の入った手桶を持って雲十郎につづいた。

三人の藩士は持参した三方を市下の膝先に置いて、その場から離れている。

雲十郎はすこし身を引いて市下の脇に立つと、腰に帯びた是一を抜いた。

刀身が、キラリとひかった。刀身の地肌が澄《す》み、刃文は覇気に富んだ逆丁子乱《ぎゃくちょうじみだ》れである。名刀らしい冴《さ》えがある。

石堂是一は刀鍛冶の名匠で、幕府のお抱えであった。山田浅右衛門は幕府の御試御用を務めていたこともあり、是一の刀を何度も試していた。そうしたかかわりから、山田家にも是一の鍛えた刀が何振りかあり、雲十郎は切腹の介錯のおり、借りることがあったのだ。それというのも、雲十郎には、天下に名の知れた刀を遣って切腹者の首を斬ってやりたいという思いがあったからである。

雲十郎は、是一の刀身を馬場の前に差し出した。

すぐに、馬場が柄杓で水を汲《く》み、刀身にかけた。馬場は、雲十郎の介添え役をやったことがあるので、こうした手順は知っていた。

水は、スーと刀身をつたい、切っ先から細い糸のようになって落ちていく。山田流では、斬首の前に刀身に水をかけることになっていた。血糊《ちのり》が付かないようにするためであるが、他にも理由があった。刀身をつたった水が、切っ先から細い筋を引いて落ちるのを見て、己の気を静めるのである。

雲十郎は是一を手にして、ゆっくりと市下に近付いた。市下は座したままである。蒼ざめた顔で、身を顫わせている。

切腹の場は、静まりかえっていた。咳《しわぶき》ひとつ聞こえない。重臣や藩士たちの目は、雲十郎と市下にそそがれている。

雲十郎は市下の脇に立つと、

「鬼塚雲十郎、介錯つかまつる」

と、静かな声で言った。

「……お、おれは、腹など切らぬ」

市下が声を震わせ、つぶやくような声で言った。顔が恐怖でゆがみ、視線が揺れている。

切腹の場に臨めば、だれもが平静ではいられないが、腹を切る覚悟はできているものである。だが、市下はこの期《ご》に及んでも、その覚悟ができていないらしい。

……この男に、腹を切らせるのはむずかしい。

と、雲十郎は思った。

「市下どの、ここで醜態を晒《さら》せば、末代までの恥になります」

雲十郎は刀を手にしたまま、市下だけに聞こえる声で言った。何とか、切腹したように見せねばならない。

「……！」

市下の顔が、ひき攣《つ》ったようにゆがんだ。

「ともかく、肩衣をはずし、両襟《りょうえり》をひらかれるがいい」

雲十郎がおだやかな声で言った。

「……」

市下は戸惑《とまど》うような顔をして肩衣をつかんだが、手が震えてはずせない。

「さァ、市下どの、この場にいる藩の者たちに、己が武士であることを見せられい」

雲十郎の言葉で、市下は肩衣をはずした。

「次は、襟をひらかれよ」

市下は、震える手で両襟をつかんでひらき、腹を出した。

……ここまでやれば、何とかなる。

雲十郎はわずかに身を引いて、八相《はっそう》に構えた。

「次は、短刀を手にされよ」

「……………」

言われるままに、市下は短刀を右手につかんだ。市下の目がつり上がり、体の顫えが激しくなっている。

市下は何かに憑《つ》かれたように、手にした短刀の切っ先を、左の脇腹にむけた。切っ先が、笑うように揺れている。

雲十郎の全身に気勢が満ち、白皙が朱を刷《は》いたように染まってきた。斬首の気が高まってきたのだ。

切腹のおり、介錯人が首を落とす機会は、いくつもあった。切腹者が短刀を手にしたとき、短刀を腹に突き刺したとき、腹を横に斬り裂いたとき……等々である。

雲十郎は、市下が短刀の切っ先を腹に当てた一瞬をとらえるつもりだった。市下のように恐怖にとらわれている者は、短刀を腹に突き刺すまでに醜態を晒すことが多い。

雲十郎の顔が朱を帯び、殺鬼を思わせるような凄みがあった。

市下が震える手で短刀の切っ先を脇腹に近付け、かすかに肌に触れた。その瞬間、雲十郎の刀が一閃した。

にぶい骨音がし、市下の首が前にかしいだ瞬間、首根から血が赤い帯のようにはしった。首の血管《ちくだ》から、血が噴出したのである。鮮やかな血の噴出は、見る者の目に赤い帯のように映じた。

だらり、と市下の首が前に垂れた。喉皮を残して、雲十郎が首を斬ったのである。市下は座ったまま倒れなかった。己の首を抱くような恰好《かっこう》である。抱き首と呼ばれる斬り方であった。

首から、血が心ノ臓の鼓動にあわせて三度、迸《ほとばし》り出たが、すぐに首筋から流れ落ちるだけになった。

いっとき、切腹の場は水を打ったような静寂につつまれていたが、集まっていた藩士たちのなかから「みごとな介錯だ!」「市下どのの切腹、見とどけたぞ」などという声が聞こえ、急にざわついた。

正面に居並んだ重臣たちの間からも、市下の切腹と雲十郎の介錯に対して感嘆の声が聞こえた。

雲十郎は、無言のまま刀身を馬場の前に差し出した。すかさず、馬場が柄杓に水を汲んで刀身の血を流した。

雲十郎は、無言のまま是一の切っ先から流れ落ちる水に目をやっていた。殺鬼を思わせるような顔が、いつもの白皙にもどってくる。

6

雲十郎と馬場が小松の小屋に引き上げると、介錯の労を労《ねぎら》うための酒肴《しゅこう》の膳《ぜん》が用意してあった。しばらく、雲十郎たちは膳を前にして小松たちと懇談《こんだん》し、女中たちが膳を引いてから、

「ふたりに、会ってもらいたい者がいるのだがな」

小松が声をあらためて言い、脇に座していた先島に、連れてきてくれ、と小声で指示した。

すぐに、先島は立ち上がり、座敷から出ていったが、待つまでもなく、四人の男女を連れてもどってきた。

浅野、四十がらみと思われる大柄な武士、十三、四と思われる娘、それに元服を終えたばかりらしい若者だった。浅野を除《のぞ》いた三人の顔は、いずれもこわばっている。

小松は、四人が座すのを待って、

「すでに、浅野から名を聞いていようが、国許から敵討ちのため出府した利根村俊之助、姉のはま、それに、叔父にあたる谷崎孫蔵どのだ」

と、三人を紹介した。

「谷崎孫蔵でござる。鬼塚どのの介錯、まことにみごとでござった。感服つかまつった」

谷崎が名乗ると、

「利根村佐内の一子、俊之助にございます」

「はまでございます」

ふたりが、つづいて名乗り、雲十郎と馬場に頭を下げた。

どうやら、三人は雲十郎の介錯の様子を目にしていたらしい。

「わしから、鬼塚と馬場に頼みがあるのだがな」

小松が、雲十郎と馬場に目をやって言った。

「谷崎どのたちが、なにゆえ、出府したか知っているな」

「はい」

雲十郎は、浅野と馬場から、俊之助とはまの父、利根村佐内が稲川と滝沢に斬殺され、その敵討ちのために、三人が江戸に出てきていることを聞いていた。今日、切腹した市下は、稲川たちと密《ひそ》かに会い、谷崎たちの動向を知らせていたことにくわえ、目付に深手を負わせた科《とが》もあって、切腹を命じられたのである。

「今日、腹を切った市下だがな。稲川たちに与《くみ》した理由が、何かあるはずなのだ。……浅野から、話してくれ」

小松が言った。

「それがしも、市下が鬼仙流の同門というだけで、そこまでやるとは思えないのだ」

浅野が雲十郎に目をむけて言った。

雲十郎が、無言でうなずいた。小松や浅野の言うとおり、雲十郎も、市下が鬼仙流の同門というだけで、藩の重臣である利根村を斬殺して出奔した稲川と滝沢に味方したとは思えなかった。

「それに、市下の他にも、稲川たちに通じている藩士がいるらしいのだ」

浅野によると、吟味のおりに、市下は江戸詰の藩士のなかに稲川たちと通じている者がいるらしいことを口にしたという。

「そやつらの名は」

黙って聞いていた馬場が、身を乗り出すようにして訊いた。

「それが、分からないのだ。……市下も、稲川が、江戸には他にも仲間がいる、と口にしたのを耳にしただけらしい」

「その仲間をつきとめれば、様子が知れるかもしれないな」

雲十郎が小声で言った。

「いずれにしろ、稲川たちが、こちらの動きをつかんでいるとなると、居所をつきとめるだけでも容易《ようい》ではない」

小松が口をはさんだ。

「いかさま」

雲十郎も、稲川と滝沢の居所をつかむのは、むずかしいと思った。

「それで、鬼塚と馬場に頼みがある。……藩としても、俊之助たちに、みごと父の敵を討ってもらい、此度《こたび》の件の始末をつけたいのだが、敵の居所が知れなければ、どうにもならない。浅野たち目付筋の者が、稲川と滝沢の行方《ゆくえ》を追っているが、ふたりにも手を貸してもらいたいのだ」

小松が言うと、谷崎が、

「それがしからも、お願いいたす」

と言って、雲十郎と馬場に頭を下げた。

すると、谷崎の脇に座していた俊之助とはまも、お願いします、と言って、深々と低頭した。

「承知した。できるだけのことはいたす」

すぐに、馬場が声を大きくして言った。その気になっている。

まだ子供ともいえる俊之助とはまが、父の敵を討つために遠路はるばる江戸まで出てきたというだけで、馬場は心を動かされたらしい。

「それがしも、承知した」

雲十郎が言った。嫌とは言えない雰囲気である。

「おふたりに、味方していただければ、これ以上心強いことはござらぬ」

谷崎が、ほっとしたような顔をした。

次に口をひらく者がなく、その場が沈黙につつまれたとき、

「谷崎どのに、お訊きしたいことがあるのだが――」

と、雲十郎が声をあらためて言った。

「何でござろう」

「利根村さまは、下城時に稲川と滝沢に襲われたと聞きましたが」

「さよう、兄は、下城時に稲川たちに待ち伏せされたのでござる」

「稲川たちは、なぜ利根村さまを襲ったのです」

雲十郎は、浅野から、一刀流と鬼仙流の確執ではないかと聞いていたが、それだけで稲川たちが藩の重臣の利根村を襲うとは思えなかった。何か、それなりの理由があるはずである。

「それがしは、道場間の争いだけではないとみております。兄が楢林道場をやめて、十数年も経つ。他に、兄が命を狙われた理由があるとみているが……」

谷崎が低い声で言った。

「何か、思いあたることは？」

さらに、雲十郎が訊いた。

「兄から聞いていたのだが、ちかごろ、中老に栄進する話があったらしい。あるいは、そのことで何か揉め事が……」

谷崎が語尾を濁した。推測だけで、確かな根拠はないらしい。

中老は次席家老のことである。中老になれば、藩の中枢《ちゆうすう》で政《まつりごと》の舵《かじ》を握ることになる。

「利根村どのが中老に栄進する話なら、わしも耳にしたぞ」

小松が言い添えた。

「ですが、揉め事があったらしいというだけで、それがしからは何も言えませぬ。……ともかく、われらは、三人で敵の稲川と滝沢を討つだけです」

谷崎が顔をひきしめて言った。

7

雲十郎と馬場は、山元町の借家で朝餉《あさげ》を食べた後、茶を飲んでいた。朝餉は下働きのおみねが用意してくれたのだ。

おみねは四十がらみで、でっぷり太っていた。近所の長屋に住む手間賃稼《てまちんかせ》ぎの大工の女房である。子供がいないこともあって、雲十郎と馬場の家に来て、炊事《すいじ》や洗濯《せんたく》などしてくれている。

「今日も、山田道場に稽古に行くのか」

馬場が訊いた。

「そのつもりだが……。馬場は？」

「おれは、室川どのたちと舟田に行ってみるつもりだ。店の者に訊けば、何か分かるかもしれん」

馬場が、舟田には市下だけでなく、稲川たちと内通している別の藩士も姿を見せたのではないかと話した。

「おれも、行ってもいいが」

「いや、鬼塚には、もうすこし様子が見えてきてから頼む」

馬場がそう言ったとき、おみねが慌てた様子で座敷に入ってきた。

「み、みえてます」

おみねが声をつまらせて言った。

「だれが、みえているのだ」

「黒沢《くろさわ》さまという方が」

おみねが、首をひねりながら言った。知らない男らしい。

「戸口に来ているのか」

「は、はい」

「行ってみよう」

すぐに、雲十郎は立ち上がった。

雲十郎も、黒沢が何者なのか思い浮かばなかった。馬場も、すぐに立ち上がり、雲十郎の後についてきた。

戸口に立っていたのは、黒沢依之助《よりのすけ》という若い目付だった。顔がこわばり、急いできたらしく、肩で息している。

黒沢が、雲十郎と馬場を見るなり、

「た、谷崎どのが、斬られました！」

と、声をつまらせて言った。

「なに！　谷崎どのが、斬られたと」

思わず、雲十郎は声を上げた。

馬場は息を呑《の》んで、身を硬くしている。

「昨夕、浜松町《はままつちょう》で何者かに斬られたようです」

黒沢がうわずった声で言った。

「死んだのか」

「亡くなったようです」

黒沢が視線を落として言った。

「浅野どのは」

「浜松町に、むかわれました」

「俊之助どのと、はまどのは？」

ふたりは、上屋敷の藩士たちの住む長屋の一部屋で寝起きしていた。谷崎も同じ長屋の別の部屋で暮らしていたはずである。

俊之助たちは、江戸に出府した当初、上屋敷の近くの借家で暮らしていたが、稲川たちに寝込みを襲われる懸念があり、上屋敷の長屋に越したのである。

「ふたりも、浜松町にむかいました」

「行ってみよう」

雲十郎と馬場は、いったん座敷にもどって大小を手にすると、黒沢につづいて浜松町にむかった。

浜松町は、増上寺の東方、東海道《とうかいどう》沿いにひろがる町である。

雲十郎たちは、赤坂御門《あかさかごもん》から溜池《ためいけ》沿いの道を愛宕下へむかい、東海道に出た。そして、東海道を南にむかった。しばらく賑《にぎ》やかな東海道を歩くと、前方右手に増上寺の杜と堂塔が見えてきた。浜松町はすぐである。

増上寺の門前近くに来たとき、

「そこに、室川どのが」

黒沢が、前方を指差して言った。

街道の隅に室川が立っていた。雲十郎たちを待っていたらしい。

室川は雲十郎たちが近付くと、

「こちらです」

と言って、左手の道に足をむけた。

そこは、小体な店や仕舞屋《しもたや》などのつづく細い道で、家並の向こうに江戸湊《みなと》の海原がひろがっていた。

しばらく歩くと、道沿いの店や仕舞屋などがまばらになり、笹藪や空き地などが目立つようになってきた。人影もすくなくなり、潮騒《しおさい》の音が絶え間なく聞こえてくる。

「あそこです」

室川が指差した。

人家がとぎれ、道沿いの空き地に人だかりができていた。近所の住人らしい者もいたが、羽織袴姿の武士が目についた。集まっている武士たちの多くは、駆け付けた畠沢藩士らしい。

「浅野どのがいるぞ」

馬場が、小走りになりながら言った。

人だかりのなかほどに、浅野の姿があった。先島と大杉の姿もある。近付くと、

「叔父上！　叔父上！」と叫ぶ、俊之助の悲痛な声が聞こえた。

雲十郎と馬場が近付くと、

「こちらへ」

室川が先に立ち、人だかりを分けるようにして浅野や先島たちのいる近くへ先導した。

「見てくれ」

浅野が足元の叢を指差した。

血塗《ちまみ》れになった武士が、横たわっていた。丈の高い雑草のなかに仰臥《ぎようが》しているので、顔は見えなかったが、谷崎らしい。

俊之助が横たわっている男の脇に屈《かが》んで、悲痛な声を上げている。はまは両手で顔を覆《おお》い、喉を突き上げてくる嗚咽《おえつ》に耐えていた。

「こ、これは！」

思わず、雲十郎が声を上げた。

凄絶な死顔だった。谷崎は真っ向から斬られたらしく、額が柘榴《ざくろ》のように割れ、顔がどす黒い血に染まっていた。血のなかに、両眼が白く飛び出したように見える。

「真っ向に、一太刀か」

額の他に、谷崎の体に傷はなかった。谷崎は正面から真っ向に斬撃を受け、一太刀で仕留められたらしい。

「相手は、遣い手だな」

馬場が、顔をけわしくして言った。

「尋常《じんじょう》な遣い手ではないぞ」

谷崎は一刀流の手練《てだれ》だった。その谷崎を一太刀で仕留めたのである。下手人は、遣い手とみていい。

「相手は、稲川と滝沢か」

雲十郎が、浅野に顔をむけて訊いた。

「分からぬ。谷崎どのは、稲川と滝沢の住家《すみか》をつきとめようとしてこの辺りに来たらしいが……」

浅野によると、目付のひとりがこの辺りで、稲川らしい武士を見かけたという話を聞き込み、谷崎に伝えたという。

「だれに斬られたか、はっきりしないのか」

雲十郎が訊いた。

「そうだ」

「迂闊《うかつ》に、動けないな」

谷崎ほどの達人が、返り討ちに遭ったのである。下手《へた》に、稲川たちの探索に歩くと、谷崎と同じ目に遭うのではあるまいか。

「だが、探索にあたらねば、稲川たちを討つことはできん」

浅野が、顔をしかめて言った。

第二章　剣術指南

1

「鬼塚さま、馬場さま、剣術を指南してください」

俊之助が座敷に両手を突き、雲十郎と馬場を見つめて言った。

すると、俊之助の脇に座していたはまも、畳に両手を突き、

「わたしにも、指南してください」

と、悲壮《ひそう》な顔をして言った。

山元町にある雲十郎と馬場の町宿だった。五ツ（午前八時）過ぎ、雲十郎が山田道場での稽古に向かおうとすると、浅野が俊之助とはまを連れて、姿を見せたのだ。

「ふたりで、稲川と滝沢を討つつもりか」

雲十郎が訊いた。

谷崎が浜松町で何者かに斬殺されてから、十日ほど過ぎていた。おそらく、俊之助とはまは姉弟《きょうだい》ふたりで、稲川たちを討とうと決意したのだろう。

「はい！」

はまが言い、俊之助がうなずいた。

雲十郎は、黙したまま姉弟に目をむけていたが、

……無理だ。

と、胸の内でつぶやいた。

稲川たちを討つどころか、藩邸から出歩くこともできないだろう。何人か腕のたつ者がいっしょでなければ、谷崎の二の舞いになる。

雲十郎が、難しい顔をして口をつぐんでいると、

「お願いです！　どのような至難にも耐えます。何としても、父上と叔父上の敵を討ちたいのです」

はまが、目をつり上げ、必死の形相《ぎょうそう》で言った。

色白の顔が蒼ざめ、細い唇は血の気を失っていた。目をつり上げた顔は、狂気を感じさせるほどの悽愴《せいそう》さがあった。

「鬼塚さま、馬場さま、お願いです、剣術の指南をしてください」

俊之助も、必死の形相で言い添えた。

すると、口を引き結んで難しい顔をしていた馬場が、

「よし、ふたりに指南しよう」

と声を大きくして言うと、雲十郎に目をむけ、

「おまえも、承知だな」

と、念を押すように言った。

「いいだろう、指南しよう」

雲十郎も承知した。駄目だと言っても、馬場がこの家の近くでふたりに指南することになれば、黙って見ているわけにはいかないだろう。

「鬼塚、馬場、頼むぞ」

浅野が言った。

「承知した」

雲十郎はうなずいた。ふたりの剣術指南はともかく、谷崎の凄絶な死顔を見たときから、俊之助とはまに助太刀して、敵を討たせねばならないと腹を決めていたのだ。

だが、相手は強敵である。それに、何者が谷崎を斬ったのかもはっきりしない。

「ところで、ふたりは、剣術の手解《てほど》きを受けたことがあるのか」

雲十郎が、俊之助とはまに訊いた。

「わたしは、二年ほど道場に通いました」

俊之助が言った。父親や叔父の通った一刀流の楢林道場に二年ほど通って、稽古に励んだという。

「はまどのは」

「わたしは、まったく心得がありません」

はまが、小声で言った。

「ここに、藩邸から通うのか」

ふたりだけで出歩いたら、稲川たちに狙われるのではあるまいか。その懸念を雲十郎が口にすると、

「実は、目付と徒組のなかに、鬼塚の見事な介錯を見て、剣術の指南をしてもらいたいと言い出した者が、三人いるのだ。室川もそのひとりだが、三人を俊之助たちに同行させようと思っている。……それに、おれもときどき来てみよう。おれは、打ち合わせのためにな」

浅野が言った。

「そうか」

雲十郎は、五人で歩いていれば、襲われることはあるまいと思った。それに、藩邸から山元町までなら、馬場もいっしょになることが多いだろう。

「稽古だが、どこでやる。この家の近くに、稽古のできるような場所はないぞ」

馬場が雲十郎に目をやって訊いた。

「家の脇の空き地でいい」

雑草におおわれた狭い空き地があった。木刀の素振りや簡単な打ち込みならできる。しばらくの間は、それで十分である。必要であれば、道場主の浅右衛門の許しを得て、山田道場を使わせてもらってもいい。

剣術の稽古の話が済んだところで、

「ところで、浅野どの、稲川と滝沢の居所は知れたのか」

雲十郎が、訊いた。

浅野たち目付筋の者が、稲川たちの行方を追っていたはずである。

「それが、まだつかめないのだ」

浅野の顔に憂慮《ゆうりよ》の翳が浮いた。

「谷崎どのが襲われた、浜松町界隈《かいわい》は？」

谷崎が斬殺された後、浜松町に目付たちが入って、稲川たちの隠れ家を探った、と

雲十郎は馬場から聞いていた。

「それが、稲川と滝沢の隠れ家だった借家は見つかったのだが、一足遅かった。借家を見つけたのは、ふたりが姿を消した後だったのだ」

浅野が無念そうに言った。

「後手を踏んでいるようだな」

「どうも、こちらの動きが、稲川たちに知れているようだ」

「市下と同じように、藩士のなかに、稲川たちに内通している者がいるのではないか」

雲十郎が言った。

「おれも、そうみている。谷崎どのが待ち伏せされたのも、内通者がいたからではないかな」

「内通者を、つきとめねばならんな」

探索にあたっている目付のなかにも、谷崎と同じように襲われる者が出てくるのではあるまいか。そうなると、目付たちも稲川たちの襲撃を恐れ、探索のために出歩くことができなくなる。

「他にも、懸念がある」

浅野が顔に困惑の色を浮かべた。

「何だ？」

「浜松町に探りにいった者たちが、聞き込んできたのだがな。……稲川たちの隠れ家に、しばらくいっしょに住んでいた者がいるらしいのだ」

「武士か」

「歳は三十がらみ、大柄な武士だそうだ」

「そやつが、谷崎どのを襲ったのではないか」

雲十郎が言った。

「うむ……」

浅野は、きびしい顔をしたまま口をつぐんだ。

「稲川たちと、しばらくいっしょに住んでいたと言ったな。そうであれば、藩士ではないぞ」

馬場が脇から口をはさんだ。

「鬼仙流か！」

思わず、雲十郎の声が大きくなった。

「まだ、鬼仙流の者と、決めつけられない」

浅野が、虚空《こくう》を睨《にら》むように見すえて言った。

2

雲十郎たちは、山元町の借家の脇にある空き地に集まった。雲十郎のほかに、馬場、俊之助、はま、室川、それに目付の篠田成次郎《しのだせいじろう》と徒士の米山八郎《よねやまはちろう》の姿があった。篠田と米山は、まだ二十歳そこそこだった。江戸勤番になって間がないらしい。

「お師匠《ししょう》、稽古場はどこですか」

俊之助が訊いた。

すでに、俊之助や室川たちは、襷で小袖の両袖を絞り、袴の股立を取っていた。はまも、小袴を穿《は》き、汗どめの白鉢巻きをしめている。

「家の脇の空き地だが、その前に、稽古ができるようにしなければな」

雲十郎と馬場は、俊之助たち五人を家の脇の空き地に連れていった。稽古場としては狭くなかったが、丈の高い雑草におおわれていた。蔓草《つるくさ》も繁茂している。空き地のなかに踏み込むのがやっとで、剣術の稽古どころではない。

「ここですか」

篠田が驚いたような顔をした。

「そうだ。剣術の稽古は、場所ではない。……敵討ちも、立ち合いも、場所を選ぶわけにはいかないぞ」

雲十郎が言った。

「はい」

はまが、声を大きくして応《こた》えた。

俊之助たち三人も、顔をひきしめてうなずいた。

「まず、草取りからだ。草を取るのも、剣術の修行だ」

馬場が、俊之助たちに目をやって言った。

そのとき、戸口からおみねが、鎌《かま》と鍬《くわ》を持って出てきた。

昨日、雲十郎がおみねに、「脇の空き地を平《なら》して、稽古場にする」と話すと、おみねが、「亭主に頼んで、平す道具を用意しますよ」と言って、今朝持ってきたのだ。大工をしている亭主が、どこかで借りたらしい。

「これを、使うといいよ」

おみねは、若い俊之助たちに鎌と鍬を手渡した。

鎌と鍬は、四人にしか渡せなかった。雲十郎、馬場、はまの三人は、小刀を遣って笹を切ったり、ごろ石などを空き地の隅に運んだりした。

「はま、手を切らないようにな」

馬場が、はまにやさしい声をかけた。

馬場は厳《いか》つい顔に似合わず、はまと俊之助にことのほかやさしかった。長く家族から離れて、江戸で暮らしているせいであろうか。はまと俊之助が、妹と弟のように思えるのかもしれない。

ただ、雲十郎と馬場は、俊之助たちに剣術の指南をすることになったときから、俊之助とはまを呼び捨てにしていた。家柄や年齢はどうであれ、この場では剣術の師匠と門人である。

「はい」

はまは、慣れない手付きで、空き地の隅に生えている笹を小刀で切り始めた。

雲十郎や俊之助たちも、空き地の整備にとりかかった。

一刻（二時間）ほどすると、空き地をおおっていた雑草や笹が刈り取られ、ごろ石も隅に運ばれて、地面がひろく露出した。さらに、地面を平すと、稽古場に使えるようになった。

「まず、木刀の素振りからだ」

雲十郎が、五人に声をかけた。

「はい！」

俊之助が声を上げ、木刀を手にした。

すぐに、俊之助たち男六人は、木刀で素振りを始めた、篠田と米山は剣術の稽古を積んでいるとみえ、素振りも様になっている。だが、はまは木刀を握ることから教えなければならなかった。

「馬場、はまをみてくれ」

雲十郎は、しばらくの間、はまは馬場にまかせることにした。木刀の素振りができるようになったら、俊之助とはまには、稲川や滝沢と闘うための剣を指南するつもりだった。いまから構えや刀法を教えて稽古を積んでも、身につくまでには何年もかかる。稲川たちとの闘いには、間に合わないだろう。

それから、数日すると、はまも木刀を青眼《せいがん》に構え、振りかぶって振り下ろすだけの素振りは、何とか見られるようになってきた。

雲十郎は、俊之助、はま、室川、篠田、米山の五人を前にし、

「今日から、おれは、山田流試刀術を指南するが、これは、はまと俊之助が敵討ちのために遣う剣なので、しばらく、ふたりには別の稽古をしてもらう。室川たち三人は、馬場から鏡新明智流の指南を受けてくれ」

と、話した。

馬場は、黙ってうなずいただけである。すでに、雲十郎から馬場に話がしてあったのだ。

雲十郎は、はまと俊之助を稽古場の隅に呼ぶと、

「真剣を用意してくれ」

と、声をかけた。

「はい」

すぐに、ふたりは借家にもどり、縁先に用意してあった刀を手にしてもどってきた。

雲十郎は、空き地で稽古をするようになって三日目に、真剣を遣うので用意しておいてくれ、とふたりに話してあったのだ。

俊之助は二尺一、二寸ほどの短めの刀だったが、はまはさらに短く、一尺三、四寸しかなかった。脇差といってもいい。雲十郎は、はまが大刀を扱うのは無理とみて、短い刀を用意させたのだ。懐剣にしなかったのは、両手で柄を握らせたかったからである。

「今日から、真剣だけを遣う。まず、素振りからだ。……一太刀、一太刀、稲川と滝沢を斬るつもりで振るのだ」

「はい」

俊之助とはまは、真剣を遣って素振りを始めた。

真剣は重いので、振り下ろした刀身を手の内を絞ってとめるのが、木刀よりむずかしい。

ふたりは、短い気合を発しながら真剣を振った。その刀身が、一振りごとに陽射しを反射《はね》て、キラッ、キラッとひかった。

雲十郎は小半刻（三十分）ちかくも、ふたりに素振りをやらせた。ふたりの顔が紅潮し、汗が頬をつたっている。

ふたりが素振りをしている間に、雲十郎は稽古場の隅に細い青竹を三本立てた。稽古に使うつもりで、近所の竹藪から手頃な太さの竹を伐《き》って、運んで置いたものだ。

「それまで！」

雲十郎はふたりに声をかけた。

ふたりは、荒い息を吐きながら、雲十郎のそばに歩を寄せた。

「次は、真剣で竹を斬る」

「は、はい」

俊之助とはまは、立っている青竹に目をやった。

山田道場では、ひとを斬る代わりに巻藁を使う。巻藁は青竹を芯にして藁を巻き、所々縄で縛った物である。

太さ四寸ほどの巻藁を両断すれば、ひとの胴を截断《せつだん》したほどの刃味があると言われている。

雲十郎には巻藁を用意する手間がなかったし、大量に斬らせるつもりもあって、青竹にしたのだ。

「この竹を、稲川と滝沢と思え」

そう言って、雲十郎は一本の竹の前に立った。

雲十郎は真剣を青眼に構えると、八相に振り上げ、タアッ！　と鋭い気合を発して袈裟《けさ》に斬り下ろした。

サバッ、と軽い音がし、立っていた竹がひとの肩ほどの高さで截断され、上の部分だけが倒れずに立ったまま、スッと脇に落ちた。斬り口が斜《はす》に、綺麗に截断されている。

「斬ってみろ」

雲十郎がふたりに言った。

すぐに、ふたりは青竹の前に立ち、真剣を青眼に構えた。

エイッ！

タアッ！

ふたりの気合がひびき、ほぼ同時に八相から斜に斬り下ろした。

ガッ、という似たような音がし、ふたりの竹は、折れたように横に倒れた。ふたりの刀身は、青竹にすこしだけ食い込んでとまっている。

「立っている竹が斬れぬ者に、ひとは斬れぬ！」

雲十郎が、めずらしく喝《かつ》するような声で言った。

「いま、一度！」

「は、はい」

ふたりは、竹の立っている部分にあらためて斬り込んだが、やはり刀身が食い込むだけで、截断できない。

「竹を立てて、つづけろ！」

雲十郎が言った。

ふたりは、稽古場の隅に置いてある青竹を地面に立てると、枝を払ってから対峙《たいじ》して真剣をふるった。

ふたりは、繰り返し繰り返し、青竹を斬った。しばらくつづけると何とか截断できるようになってきたが、まだ折れて横に倒れることが多かった。

陽が西の家並の向こうに沈みかけてきたころ、俊之助とはまの腰がふらつき、気合もうわずってきた。

「これまで！」

声をかけたのは、馬場だった。

馬場は室川たちと木刀を遣って型稽古をしていたが、さすがに室川たちも疲労のために動きがにぶくなってきたのである。

3

清夜だった。頭上で月がかがやき、縁側の先の庭では、コオロギが鳴いている。庭といっても、板塀の内側の狭い地に梅と松が植えてあるだけで、雑草におおわれていた。コオロギの鳴き声は、雑草のなかから聞こえてくる。

雲十郎は縁側でひとり虫の声を聞きながら、貧乏徳利《びんぼうどっくり》の酒を飲んでいた。

いっとき前まで、雲十郎は馬場と夕餉の後、借家の座敷で貧乏徳利の酒を飲んでいたが、馬場が目をこすりながら、

「眠くなった。おれは、先に寝るぞ」

そう言い残し、寝間に入ってしまった。

馬場は巨軀《きょく》だが、酒はあまり強くなかった。それに、酔うとすぐに眠くなるらしい。

寝間から、馬場の鼾《いびき》が聞こえた。鼾の低いひびきが、コオロギの高い鳴き声に呼

応している。

……はまは、稲川たちを斬れぬ。

雲十郎は胸の内でつぶやいた。

はまと俊之助が、青竹を斬る稽古を始めて五日経っていた。俊之助は、青竹を截断できるようになっていたが、はまはまだ無理である。刃が食い込んで竹が折れることが多かった。刃筋がたっていないからだ。斬り込んだとき、刃筋がたっていないと刀身で叩いてしまい、斬ることができない。

雲十郎は、いまからでは、間に合わない、と思った。

一年も二年も、青竹を斬る稽古をつづけるわけにはいかなかった。明日にも、稲川と滝沢の居所が知れて、立ち合うことになるかもしれない。

……突きか！

はまに、突きを教えよう、と雲十郎は思った。

突きならば、すぐに相手を仕留めることができる。ただし、己の身を捨て、相打ち覚悟で敵の懐《ふところ》に踏み込まねばならない。男でも、なかなかできない、捨て身の覚悟がいる。

雲十郎が湯飲みの酒をゆっくりかたむけたとき、戸口の方でかすかな足音がした。

コオロギの鳴き声がやみ、ひとの近付いてくる気配がした。

……ゆいらしい。

雲十郎は、その足音に覚えがあった。常人とはちがう、忍び足である。

ゆいは、夜になってから姿を見せることが多かった。

月明りのなかに、ゆいの姿が浮かび上がった。闇に溶ける柿色の筒袖と裁着袴《たつつけ》である。ゆいの顔が、青磁色の月明りに照らされ、青白く浮き上がったように見えた。今夜は、頭巾で顔を隠していないようだ。

ゆいは縁先まで来ると、地面に片膝を突いて頭を下げようとした。

「ゆい、堅苦しいことするな。ここに、腰を下ろせ」

雲十郎は縁側に手をむけた。

ゆいは、縁側に腰を下ろすと、

「馬場さまは、お休みのようですね」

と、笑みを浮かべて言った。

奥の寝間から、馬場の鼾が聞こえてきた。ゆいは、馬場のことも知っていたのだ。

「馬場は、飲むと眠くなるようだ」

「剣術の稽古で、お疲れになったのでは……」

どうやら、ゆいは雲十郎と馬場が、俊之助たちに剣術の指南をしていることを知っているようだ。

「それもあるな。……ところで、ゆいは、いつ江戸にもどったのだ」

「半月ほど前に」

ゆいは、梟組《ふくろうぐみ》だった。

畠沢藩には、梟組と呼ばれる隠密《おんみつ》組織があった。一部の藩士にしか知られていない秘密の組織である。

代々の城代家老の許に、家中から剣、槍、手裏剣、弓などの遣い手、身軽で駿足の者、変装に長《た》けた者などがひそかに集められ、隠密として活動するようになったのだ。その者たちは闇にひそみ、姿をあらわさないことから梟組と呼ばれていた。ふだんは領内にいて、城代家老の命で動いているが、何かあると出府することもあった。人数もわずかで、幕府の御庭番のように、他国や幕閣の動きを探ることは、ほとんどない。

これまで、雲十郎は江戸の事件にかかわったおり、ゆいとともに敵と闘ったことがあった。ゆいは、女ながら梟組の小頭である。

「小弥太《こやた》は」

雲十郎が訊いた。

小弥太も梟組で、ゆいの配下である。以前は、渋沢百蔵《しぶさわももぞう》という小頭が出府することが多かったが、ゆいが小頭になってからは、小弥太が来るようになったのだ。

「江戸に、来ております」

ゆいが小声で言った。

「それで、何かあったのか」

ゆいが、出府したのは、江戸で何かあったからであろう。

「利根村佐内さまの件です。ご家老より、国許から逃走した稲川仙九郎と滝沢裕助が、なにゆえ利根村さまを殺害したのか、そのわけを探るよう命じられました」

ご家老とは、城代家老、粟島与左衛門のことである。粟島が、ゆいたち梟組を統率《とうそつ》しているのだ。

「粟島さまも、稲川たちが年寄の利根村さまをなにゆえ斬殺したのか、そのわけをお知りになりたいのだな」

「そのために、わたしと小弥太は江戸に来ました」

「利根村さまのお子の俊之助とはまが、稲川たちを父の敵として討とうとしていることは、知っているな」

雲十郎が訊いた。

「はい、雲十郎さまや馬場さまが、ふたりの剣術の指南をしていることも――」

「叔父である谷崎どのが、斬られたことは」

「それも知っております」

「谷崎どのを斬ったのは、稲川でも滝沢でもないようだが、何者か心当たりはあるか」

雲十郎は、ゆいならつかんでいるかもしれないと思った。

「心当たりはありません。……わたしと小弥太は、いま稲川と滝沢の居所を探っているところです」

「稲川と滝沢の他に、鬼仙流の遣い手が出府したようなことはないのか」

「そのような噂は、耳にしておりませんが」

「うむ……」

どうやら、谷崎を斬った者は、ちかごろ出府した鬼仙流の者ではないらしい。

「いずれにしろ、稲川と滝沢の居所が知れたら、お知らせします」

「頼む」

ふたりが口をつぐむと、コオロギの鳴き声が、ふたりをつつむように聞こえてきた。熟睡しているのか、馬場の鼾はやんでいる。

ふと、ゆいが、雲十郎に目をむけて切なそうな顔をした。女の顔である。雲十郎とゆいは、これまでの闘いをとおして心を通じ合うようになったのだ。

だが、ゆいは、すぐに表情を消して立ち上がった。梟組の小頭の顔にもどっている。

「雲十郎さま、稲川たちはいずれも遣い手のようです。ご油断なきよう」

ゆいが、雲十郎に目をむけて言った。

「ゆいもな」

梟組とはいえ、ゆいも小弥太も、剣では稲川たちにかなわないだろう。

ゆいはうなずくと、すぐに踵《きびす》を返した。

ゆいの姿が、闇に溶けるように消えていく。

4

雲十郎は、稽古場の隅に俊之助とはまを呼ぶと、

「今日から、突きの稽古をする」

と、ふたりに告げた。はまだけでなく、俊之助にも突きの稽古をさせようと思った

のだ。

「真剣で、突きの稽古ですか」

俊之助が、驚いたような顔をして訊いた。

はまも顔をこわばらせて、雲十郎を見つめた。はまは、ちかごろ痩《や》せたようだ。肌にも若い娘らしい潤《うるお》いがない。目ばかりが、異様にひかっている。女のはまには、真剣を遣っての稽古は、竹を斬るだけでも過酷なのだ。

雲十郎は、はまの両手の肉刺《まめ》がつぶれ、血が滲《にじ》み出ていることを知っていた。木刀や真剣を握っただけでも、痛いはずである。だが、雲十郎もはまも、肉刺のことは口にしなかった。

「そうだ。まず、稲川と滝沢を胸に描き、その喉や胸を狙って突き込む」

「はい……」

はまが答えた。

「おれがやってみる。見ていろ」

そう言うと、雲十郎は刀を抜いた。

青眼に構えると、つつッ、とすばやい摺《す》り足で半間ほど進み、
タアッ！

鋭い気合を発し、一歩踏み込んで、刀身を突き出した。

切っ先が、槍穂のように半間も前に伸びた。

「見たか」

「はい」

はまと俊之助が、青眼に構えた。

「敵の胸を狙って突け！」

雲十郎が声をかけた。

ふたりは摺り足で半間ほど進み、気合を発し、一歩踏み込みざま突きをはなった。

だが、雲十郎ほどの迅《はや》さと鋭さがなかった。

「それでは、敵にかわされる」

雲十郎は、もう一度！　と声をかけた。

「はい！」

はまと俊之助は、ふたたび青眼に構えた。

そして、摺り足で進み、一歩踏み込みざま、気合を発して突きをはなった。

「いま、一手！」

雲十郎が声をかけた。

また、ふたりは同じように前に進み、突きをはなった。

ふたりはしばらく、突きだけを稽古した。顔が汗でひかり、息が荒くなってきた。動きは単調だが、きつい稽古である。

はまの握りしめた小刀の柄に血の色があった。肉刺があらたに破れて出血したらしい。はまは、ときおり苦痛に顔をしかめたが、何も言わなかった。

雲十郎は、ふたりの顎《あご》が上がってきたのを見ると、

「次は、畳を突く」

と、ふたりを前にして言った。

「畳ですか」

俊之助が怪訝《けげん》な顔をした。

「そうだ、古畳が用意してある。手伝ってくれ」

雲十郎は、一昨日、山田道場に出向き、浅右衛門に事情を話し、稽古に使う古畳を一枚だけ分けてもらった。そして、長谷川や川田たち若い門弟に頼んで、借家まで運んでおいたのである。

畳は縁側の隅に置いてあった。雲十郎は、俊之助とふたりで畳を稽古場の隅まで運んだ。そして、畳を立てると、試し斬りに使った青竹を、畳の両側の地面に突き刺し

て支えにした。

「いいか、この畳を敵と思って、突き刺すのだ」

雲十郎は、見ていろ、とふたりに言い、畳の前に立った。そして、青眼に構えると、さきほどと同じ動きで間合をつめ、刀身を畳に突き刺した。

畳から切っ先が、一尺ほども抜けた。

雲十郎は、刀身を引き抜いてから言った。

「体ごと突き当たるように踏み込んで、畳を突け。……真っ直ぐ突けば、藁屑が落ちないはずだ」

ほとんど、藁屑は落ちていなかった。畳に、突き刺した痕《あと》がわずかに残っているだけである。

俊之助とはまは、交互に畳にむかって突きをはなった。

ふたりが畳を相手に突きの稽古を始めて、半刻（一時間）もしただろうか。稽古場に、浅野と元沢喜兵衛《もとざわよしべえ》という年配の目付が姿を見せた。

「やってるな」

浅野が、俊之助やはまの稽古を見て言った。

「何か知れたのか」

雲十郎が、浅野に身を寄せて訊いた。浅野たちは、雲十郎と馬場に何か知らせることがあって来たにちがいない。

「おぬしの耳に、入れておきたいことがある」

浅野が小声で言った。

「稽古は、これまでにしよう」

雲十郎は、馬場にも話して稽古をやめることにした。

すでに、陽は西の空にまわっている。それに、はまと俊之助だけでなく、室川たちも腰がふらついていた。

雲十郎、馬場、浅野、元沢の四人は、借家の縁先に集まった。俊之助や室川たちは、稽古場の片付けを終えてから、帰り支度をするはずである。

「まだ、はっきりしないが、稲川たちに内通している者が知れた」

浅野が声をひそめて言った。

「何者だ」

雲十郎が訊いた。

「島内権之助《しまうちごんのすけ》、先手組の者だ」

「島内な……」

雲十郎は、島内という藩士を知らなかった。馬場も知らないらしく、首をひねっている。

「元沢から話してくれ」

浅野が元沢に目をやって言った。

「島内は国許にいるとき、鬼仙流の道場に通っていたらしい。それで、目をつけていたのです」

元沢によると、島内はときおり藩邸をひとりで出ることがあったという。元沢は、与野松次郎《よのまつじろう》という目付とふたりで、何度か島内を尾行し、増上寺の門前通りにある「浜長《はまちよう》」という料理屋に出入りしていることをつかんだ。

「一昨日、与野と島内を尾《つ》け、浜長に入るのを確かめました。その後、浜長を見張ると、島内が、ふたりの武士といっしょに出てきたのです。そのふたりが、稲川と滝沢とみました」

暗がりで、はっきりしなかったが、元沢たちが耳にしていた稲川と滝沢に風貌《ふうぼう》が似ていたという。

「それで？」

雲十郎は、話の先をうながした。

「稲川たちを尾けたのですが、撒かれてしまって……」

元沢が無念そうに話した。

夜だったこともあり、稲川たちふたりがいくつかの路地をまがったため、姿を見失ったという。

「それでな、島内を捕らえて、吐かせようと思うのだ」

浅野が言った。

「それがいい」

雲十郎も、島内なら稲川たちの居所を知っているのではないかと思った。

「鬼塚と馬場に、頼みがある」

浅野が声をあらためて言った。

「頼みとは？」

「手を貸してくれ」

「承知した」

すぐに、馬場が言った。

雲十郎もうなずいた。これまでも、浅野たちとともに、稲川と滝沢の探索にあたってきたのである。

「島内を捕らえてもらいたいのだが、鬼塚、馬場、元沢、それに与野の四人だけでやってもらいたい。……藩士たちのなかに、島内の他にも稲川たちの味方がいるかもしれん。そやつらに、島内が捕らえられたことが知れれば、稲川たちに伝えられ、隠れ家を変えるだろう。そうなれば、島内が自白しても、何の役にもたたない」

浅野が言った。

「いいだろう」

雲十郎は、島内ひとりを押さえるだけなら、四人で十分だと思った。

「もうひとつ、頼みがある。島内を訊問《じんもん》する場所だが、この家を使わせてくれんか。藩邸で訊問したのでは、島内を捕らえたことが、藩士たちに知れてしまうからな」

「おれは、かまわんが」

雲十郎が馬場に目をやると、

「いいぞ」

と言って、馬場がうなずいた。

「それで、手筈《てはず》は？」

「藩邸の外で押さえるしかないな。……島内は七ツ（午後四時）ごろ、藩邸を出ることが多いようだ」

「明日、七ツ前に、藩邸の裏門近くに行っていよう」

雲十郎が言うと、馬場が目をひからせてうなずいた。

5

「そろそろ陽が沈むぞ」

馬場が、小声で雲十郎に言った。

雲十郎、馬場、与野の三人は、畠沢藩上屋敷の裏門近くにいた。そこは、上屋敷の斜向《はすむ》かいにある大身の旗本屋敷の築地塀《ついじべい》の陰である。

西の空に目をやると、折り重なるようにつづく武家屋敷の甍《いらか》の向こうに陽が沈みかけていた。七ツ半（午後五時）ごろかもしれない。

「今日は、屋敷から出ないのではないか」

雲十郎たちは、島内が屋敷を出るのを待っていたのだ。雲十郎たちが、この場に来て一刻（二時間）ちかく経つ。

そのとき、馬場が、

「元沢どのだ！」

と、声を上げた。

元沢は裏門の脇のくぐりから姿を見せると、通りのなかほどに出て左右に目をやった。島内に、何か動きがあったのかもしれない。元沢は、屋敷内で島内を見張っていたのである。

「おれたちを、探しているのだ」

雲十郎が築地塀の陰から通りに出ると、馬場と与野もついてきた。

元沢は、すぐに馬場に気付き、小走りに近寄ってきた。

「どうした？」

雲十郎が訊いた。

「島内が、屋敷を出ます」

元沢が昂った声で言った。

「裏門か」

「そうです」

「身を隠さねば」

雲十郎たち四人は、慌てて築地塀の陰に身を隠した。

島内は、すぐに出てこなかった。雲十郎たちが、島内は表門から出たのではないか、と思い始めたころ、裏門のくぐりから武士がひとり姿を見せた。

「島内だ！」

与野が言った。

島内は長身だった。羽織袴姿で、手に網代笠《あじろがさ》を持っていた。島内は裏門からすこし離れると、手にしていた網代笠をかぶった。顔を隠すためらしい。

島内は、足早に表門の方へむかっていく。

「尾けるぞ」

雲十郎たちは、築地塀の陰から通りに出た。

雲十郎と馬場が先になり、元沢と与野はすこし間をとって島内を尾け始めた。四人かたまって尾けると、島内が背後を振り返ったときに気付かれる恐れがあったのだ。

島内は大名小路に出ると、北に足をむけた。通り沿いには豪壮な大名屋敷がつづき、中間や供侍を連れた武士、騎馬の武士、中間などが行き交《か》っていた。

雲十郎たちは、すこし間をつめた。行き交う武士が多いので、近付いても気付かれないとみたのである。

島内は大名小路をしばらく歩いてから、左手の通りに入った。

「島内は、どこへ行くのだ」

馬場が小声で言った。

「分からん。……ともかく、人目のないところで、押さえるのだ」

「もうすぐ、陽が沈む。そうすれば、人通りも途絶える」

「そうだな」

雲十郎と馬場は、島内と距離をとった。そこは細い通りだった。人影はすくなく、島内が振り返ると、目にとまる恐れがあったのだ。

島内は大名屋敷や大身の旗本屋敷などのつづく通りを抜け、溜池沿いの通りに出た。右手に溜池の水面がひろがり、左手には大名屋敷の築地塀がつづいている。

そろそろ、暮れ六ツ（午後六時）の鐘が鳴るだろうか。陽は沈み、溜池沿いに群生した葦《あし》や茅《かや》などに、淡い夕闇が忍びよっている。溜池沿いの通りはひっそりとして、葦や茅を揺らす風音だけが聞こえてきた。

「ここらで、仕掛けるか」

馬場が言った。

「おれたちは、島内の前に出よう」

雲十郎は振り返ると、後ろから尾けてくる元沢と与野に右手をまわして見せた。脇道をたどって島内の前に出るという合図である。

大名屋敷を過ぎると、左手に町屋がつづいていた。

「路地があるぞ」

馬場が右手の仕舞屋の脇を指差した。

斜め前に延びている路地があった。しばらく路地を進んでから溜池の方へむかえば、島内の前に出られそうだ。道がなければ、町家の間の裏路地をたどればいい。

雲十郎は袴の股立を取ると、

「走るぞ！」

と、馬場に声をかけて路地に駆け込んだ。

すぐに、馬場がつづいた。

路地に入っていっとき走ると、溜池沿いの道につづく別の路地に突き当たった。

「こっちだ」

雲十郎たちは、右手にまがった。

二町ほど小走りに進むと、前方に溜池の水面が見えてきた。雲十郎と馬場は、溜池沿いの道に出ると、左右に目をやった。

「お、鬼塚、あそこだ！」

馬場が、荒い息を吐きながら指差した。

通りの先に、島内の姿が見えた。溜池沿いの道は、淡い夕闇につつまれている。島内の後方に、元沢と与野の姿がかすんで見えた。

「し、島内の前に、出たぞ」

雲十郎も、肩で息をしていた。

雲十郎と馬場は通り沿いの店の脇に立って、島内が近付いてくるのを待った。すでに、店は表戸をしめている。

「来たぞ」

島内が、しだいに近付いてきた。雲十郎たちに気付いた様子はなかった。雲十郎たちの姿は、隣の店の陰になって見えないのかもしれない。

雲十郎と馬場は、島内が三十間ほどに近付いたところで店の脇から通りに出た。島内はすぐに気付かなかった。後方の元沢たちが、先に雲十郎たちを目にとめたらしく、駆けだした。

ふいに、島内の足がとまった。雲十郎たちに気付いたのである。

島内は、ギョッとしたように立ち竦んだが、すぐに踵を返した。後ろへ逃げようとしたらしい。

だが、島内は動かなかった。背後から、元沢たちが迫ってくるのを目にしたようだ。

「いくぞ！」

雲十郎は抜刀した。そして、刀身を峰に返すと、小走りに島内に迫った。

雲十郎は田宮流居合の達人だった。島内を斬るなら抜き打ちだが、ここは峰打ちに仕留めるつもりだった。島内を、生きたまま捕らえねばならない。

馬場も刀を抜き、抜き身を引っ提げて走った。巨漢だが、走るのは速い。

ふたりは、すぐに島内に迫った。

「おのれ！」

島内が叫びざま刀を抜いた。すぐに、切っ先を雲十郎にむけたが、腰が引け、刀身がワナワナと震えている。

雲十郎は脇構えに取ると、
イヤアッ！

裂帛《れっぱく》の気合を発し、島内に身を寄せた。

雲十郎が斬撃の間境に迫ると、島内は恐怖に顔をひき攣らせ、青眼から刀を振り上げて斬り込もうとした。

刹那《せつな》、雲十郎は右手に踏み込み、脇構えから横一文字に刀身を払った。居合の抜刀の呼吸ではなった一颯《いっさつ》である。

ドスッ、というにぶい音がし、島内の上半身が前にかしいだ。雲十郎の峰打ちが、島内の腹を強打したのだ。

ググッ、と蟇《ひき》の鳴くような呻き声を上げ、島内がうずくまった。左手で腹を押さえている。

「動くな!」

雲十郎が、切っ先を島内の首筋にむけた。

そこへ、馬場が駆け寄り、すこし遅れて元沢と与野も近付いてきた。

「島内を縛ってくれ」

雲十郎が言った。

「よし」

馬場が島内の両手を後ろに取り、元沢が用意した細引《ほそびき》を取り出して後ろ手に縛った。

「騒がれると、面倒だ。……猿轡《さるぐつわ》をかませるぞ」

馬場が懐から手ぬぐいを取り出し、島内に猿轡をかました。

「そこの木の陰に連れて行こう」

雲十郎たちは、溜池沿いの灌木《かんぼく》の陰に島内を連れていった。そして、辺りが夜陰につつまれるのを待ってから、山元町の雲十郎たちの住む借家にむかった。

6

まだ、昼前だったが、座敷は夕暮れ時のように暗かった。そこは、山元町の借家の座敷である。座敷の障子《しようじ》と板戸がしめきってあり、ひかりが入らなかったのだ。

薄闇のなかに、六人の男の顔が、ぼんやりと浮かび上がっていた。雲十郎、馬場、浅野、元沢、与野、それに捕らえた島内である。

後ろ手に縛られた島内は、座敷のなかほどに座らされていた。顔をゆがめ、苦しげな呻き声を洩《も》らしている。雲十郎の峰打ちをあびて、肋骨《ろつこつ》でも折れたのかもしれない。

「ま、まるで、罪人ではないか……」

島内が、苦痛と憎悪に顔をゆがめて言った。

「島内、身に覚えはないのか」

浅野が正面に立って言った。

「な、何のことだ」

「ここしばらく、目付筋の者がおまえの跡を尾けていたのだ」

「……！」

島内が息を呑んだ。浅野を見上げた視線が揺れている。

「増上寺の門前通りにある浜長を知っているな」

「し、知らぬ」

島内の声が、震えた。

そのとき、浅野の脇にいた元沢が、

「おぬしが、浜長に入るのを何度も見たぞ」

と、島内を見すえて言った。

「……飲みに、行っただけだ」

「だれと行った」

浅野が、声を鋭くして訊いた。

「ひ、ひとりだ……」

「おぬしは、ふたりの武士といっしょに店から出てきたではないか。……稲川と滝沢だ」

浅野が、稲川と滝沢の名を出した。

「……！」

島内の顔がひき攣ったようにゆがみ、体が顫えだした。

「稲川たちと、何を話した」

浅野が訊いた。

「……し、知らぬ」

島内は口をひき結び、視線を膝先に落としてしまった。

その後、浅野や元沢が何を訊いても、身を硬くしたまま押し黙っている。

雲十郎が浅野の脇から、

「浅野どの、おれも訊きたいことがあるのだがな」

と、小声で言った。

「訊いてみてくれ」

浅野が身を引いた。

雲十郎は刀を手にしたまま島内の前に立つと、

「おぬし、なぜ、藩邸ではなくおれたちの家に連れてこられたか、分かっているのか」

雲十郎が島内を見すえて訊いた。

「……！」

島内は雲十郎を見上げて、戸惑うような表情を浮かべた。

「おれが、介錯人であることは知っているな」

島内は、かすかにうなずいた。

「おぬしが、話さないときは、ここで切腹してもらうためだ。……おれが、介錯することになっている」

「な、なに……！」

島内が、目を瞠《みひら》いて息を呑んだ。

「そうだろう。浅野どのにしろ、おれたちにしろ、おぬしをこのまま藩邸に帰すわけにはいかない。……はじめから、おれたちは、おぬしが何も話さず、白《しら》をきり通した場合、おぬしに腹を切ってもらうつもりでここに連れてきたのだ」

「……！」

島内の顔が、困惑と恐怖にゆがんだ。

「おぬし、何か勘違いしてるようだな。……おぬしは、だれかの指図にしたがい、使いをしただけではないのか」

「……そ、そうだ」

島内が小声で言った。

「ならば、たいした罪ではあるまい。それとも、腹を切ってまで、指図した者を守らねばならない恩義でもあるのか」

「……恩義などない」

「浜長で、稲川と滝沢に会ったのは、何のためだ」

雲十郎は、おだやかな声で訊いた。

「か、金を、渡すように、頼まれたのだ」

島内が、声をつまらせて言った。

「だれに、頼まれた」

雲十郎が訊くと、島内は戸惑うような顔をして口をつぐんだが、

「……八坂《やさか》恭之助《きようのすけ》さまだ」

と、肩を落として言った。

「先手組の物頭《ものがしら》か」

雲十郎は、先手組に八坂恭之助という物頭がいることを知っていた。そう言えば、稲川と滝沢も先手組である。

物頭は、先手組を統率している。国許に四人、江戸にふたりいる。

すると、脇から浅野が、

「八坂も、鬼仙流の一門だぞ」

と、身を乗り出すようにして言った。

「おぬしも、物頭の指図では、従わないわけにはいかないな」

雲十郎が言った。

「そ、そうだ」

「ところで、稲川たちに渡した金は、どれほどだ」

雲十郎が声をあらためて訊いた。

「百両……」

「大金だな。……だれが、出したのだ」

雲十郎は、八坂が出したとは思えなかった。

「知らぬ」

すぐに、島内が答えた。

隠しているようには、みえなかった。それに、島内は八坂の名や稲川たちに金を渡したことを話している。

「八坂は、何も言わなかったのか」

さらに、雲十郎が訊いた。

「八坂さまも、あずかった金だと話していた」

「あずかった金か」

雲十郎は、だれが八坂に百両の金をあずけたのか、分からなかった。

「原柴さまではないのか」

浅野が、島内に訊いた。

「そうかもしれない……」

島内は語尾を濁した。はっきりしないのだろう。

「原柴さまも、若いころ先手組にいたことがある。それに、鬼仙流一門だ」

浅野が声を大きくして言った。

「原柴さまが!」

雲十郎には、稲川たちが、なぜ年寄の利根村を斬ったのか分からなかったが、稲川たちと江戸の藩邸にいる八坂や原柴とのつながりは読めた。いずれも鬼仙流一門であり、先手組の者か、先手組にいたことのある者たちである。

7

「ところで、稲川と滝沢は、どこにいる」

雲十郎が島内を見すえて訊いた。

「し、知らない」

島内が声をつまらせて言った。

「おぬしは、浜長でふたりと会って話したではないか。そのとき、住居はどこか、口にしなかったのか」

「住居のことは言わなかったし、おれも訊かなかった」

「うむ……」

雲十郎は、島内が嘘を言っているようには思えなかった。

そのとき、黙って雲十郎や浅野の訊問を聞いていた馬場が、

「島内、昨日は、どこへ行くつもりだったのだ」

と、声を大きくして訊いた。

「裏伝馬町だ」

赤坂御門を出た先に、赤坂表伝馬町と裏伝馬町がある。

「だれのところへ、行くつもりだったのだ」

「仙石市兵衛《せんごくいちべえ》どの……」

「仙石だと」

馬場が首をひねった。知らないようだ。

雲十郎も、何者か知らなかった。

「そやつ、畠沢藩の者ではあるまい」

浅野が言った。

「牢人《ろうにん》と聞いたが……」

島内もはっきりしないらしい。

「そやつの住居は、借家か、それとも長屋か」

浅野に代わって、雲十郎が訊いた。

「借家らしい」

「そやつ、大柄ではないか」

雲十郎は、浜松町にあった稲川たちの隠れ家に、いっしょに住んでいた武士のことを思い出したのだ。

「大柄だ」

「歳は三十がらみか」

「そうだ」

「まちがいない。そやつ、稲川たちといっしょに住んでいた男だぞ。隠れ家を出た後、裏伝馬町に移ったにちがいない。……その借家に、いまも稲川と滝沢がいっしょに住んでいるのではないか」

「いや、仙石どのひとりだ」

島内が、はっきり言った。

「それで、おぬし、仙石のところに、何の用で行くつもりだったのだ」

雲十郎が訊いた。

「金を渡しに……」

島内は、八坂から二十両の金を渡され、仙石に届けにいくところを雲十郎たちに押さえられたという。

「すると、いまも、その二十両を持っているんだな」

「持っている」

「嘘ではなさそうだ」

それから、雲十郎たちは、仙石の借家が裏伝馬町のどこにあるか訊いた。

島内によると、仙石の住居は紀州《きしゅう》家の屋敷近くで、路地を隔《へだ》てた斜め前に舂米屋《つきごめや》があるそうだ。

「これから、行ってみよう」

ろう。

浅野が言った。

山元町から裏伝馬町まで遠くないので、これから行っても仙石の住居はつかめるだろう。

山元町の借家を出たのは、雲十郎、浅野、元沢の三人だった。馬場と与野は、借家に残ることになった。島内は借家に監禁しておくつもりだったし、俊之助たちが稽古にくるので、雲十郎と馬場のどちらかは、残らねばならない。

雲十郎たちは裏伝馬町に着くと、まず紀州家の上屋敷にむかった。三人は上屋敷の近くまで来ると、春米屋を探した。

「あそこに、米屋がありますよ」

元沢が通りの先を指差した。

近付くと、店のなかに唐臼《からうす》が見えた。春米屋である。

春米屋の斜め前に、小体な仕舞屋があった。借家らしい。

雲十郎たちは、借家の近くまで行ってみた。表の引き戸はしまっている。物音も人声も聞こえなかった。

「留守《るす》のようだぞ」

雲十郎たちは、さらに戸口まで近寄った。家のなかに、ひとのいる気配がない。

「やはり、留守らしい」

雲十郎たちは、春米屋の前にもどった。

店の親爺《おやじ》らしい男が、唐臼の脇で米俵をあけているのが見えた。雲十郎たちは店に入り、借家の住人のことを訊いた。

「半月ほど前《めえ》に、牢人ふうのお侍が越してきやしたよ」

親爺によると、牢人の名は知らないという。

「ひとりか」

雲十郎が訊いた。

「ひとりのようでさァ。あまり、家にはいないようで」

「いまも、留守のようだが」

「朝方、お侍といっしょに、家を出るのを見かけやしたよ」

親爺によると、いっしょにいた武士は羽織袴姿だったという。

「その武士は、何者か分かるか」

「分からねえ。……初めて見た顔でさァ」

「そうか」

雲十郎たちは、春米屋から出た。

「どうする?」

雲十郎が浅野に訊いた。

「しばらく、仙石の隠れ家を見張ってみよう」

浅野が、目付の者たちで仕舞屋を見張ることを言い添えた。

「今日のところは、引き上げるか」

雲十郎たちは、山元町に足をむけた。

第三章　尾行

1

ドスッ、という音がし、はまの手にした脇差の先が畳を貫いた。切っ先が、畳から二寸ほど突き出ている。

はまは、体が畳と触れるほど深く踏み込んでいた。

「踏み込みも、十分だ」

雲十郎が声をかけた。

山元町にある借家の脇の稽古場である。雲十郎と馬場は、はまや俊之助たちに剣術の指南をしていたのだ。

雲十郎は、俊之助もそばに呼び、

「ふたりとも、畳は突けるようになったな」

と、声をかけた。

俊之助が汗のつたう顔を雲十郎にむけ、

「お師匠のお蔭です」

と、目をひからせて言った。

はまの目にも、鋭いひかりが宿っていた。ふたりは真剣を遣っての稽古を通して、ひとを斬ることがいかに厳しく、至難であることか知ったらしい。青竹や畳を遣っての稽古にも、熱心に取り組んでいる。

はまの両手に、布が巻かれていた。手の平の部分が、どす黒い血に染まっている。肉刺が破れて出た血である。はまはときおり、痛みに顔をしかめたが、口にしなかった。必死に、耐えている。

「だが、竹を斬り、畳を突けるようになっても、ひとは斃《たお》せぬ」

雲十郎が言った。

「次は、おれの腹を突いてもらう」

「お師匠の腹を！」

俊之助が目を剝《む》いた。

はまも、驚いたような顔をして雲十郎を見た。

「突くのは、これだ」

そう言って、雲十郎が両襟をひらいた。

胸から腹にかけて、板が入っていた。厚さが、一寸弱もある厚い樫《かし》の板である。

「おれを父と谷崎どのの敵と思い、踏み込んでこの板を突け！」

雲十郎は、両襟を元にもどした。

「そ、そのようなことは……」

はまが、困惑したように眉を寄せて言った。

「できないと言うのか」

「は、はい、誤って、鬼塚さまを突いてしまうかもしれません」

はまが言うと、俊之助が、

「それに、板が割れるかもしれませんし……」

と、小声で言い添えた。

「自惚《うぬぼ》れるな。この板は、はまや俊之助がどんなに強く突いても、割れたり、切っ先が突き抜けたりすることはない。……それにな、板のないところを突こうとすれば、おれがかわすか、木刀でたたき落とすかする」

そう言って、雲十郎は木刀を手にした。

「は、はい」

はまが、声を上げた。

「まず、はまからだ。……俊之助は、おれの脇にまわれ」

「はい！」

すぐに、俊之助は、雲十郎の左手にまわった。

雲十郎は正面に立ったはまに、

「おれが、木刀を下ろしたら、すかさず踏み込んで、腹を突け！」

そう言って、木刀を青眼に構えた。

はまは、斬撃の間境近くに立って、手にした脇差の切っ先を雲十郎にむけた。左手にまわった俊之助も青眼に構えたが、斬撃の間境の外にいる。

「いくぞ！」

雲十郎は青眼に構えたまま斬撃の気配を見せておいて、木刀を右手だけで持つと、スッと脇に下ろした。

はまは、二、三歩前に出たが、突けなかった。顔がこわばり、手にした脇差の先が震えている。

「突け！　はま」

雲十郎が叫んだ。

エエイッ！

はまが甲走《かんばし》った気合を発し、踏み込みざま脇差を突き出した。

カッ、とちいさな音がし、脇差の先がわずかに刺さった。脇差は、雲十郎の腹にむけられたままとまっている。

「それで、敵を討てるか！」

雲十郎が喝するように言った。

「……！」

はまは、脇差を手にしたまま身を顫わせている。

「おれを、稲川と思え！　いま、一度」

「は、はい」

ふたたび、はまは雲十郎と相対した。

雲十郎は青眼に構えた木刀を右手だけで持って、スッ、と脇に下ろした。

はまは、踏み込みざま、気合を発し、脇差を突き出した。

ガツ、と音がし、脇差の切っ先が雲十郎の小袖を貫き、厚板に刺さった。はまの踏み込みも、さきほどよりは深かった。

「まだ、稲川は刺せぬ。もう、一度！」

「はい！」

雲十郎とはまは、繰り返し繰り返し、腹を突く稽古をつづけた。

はまの息が荒くなり、足がふらついてきたところで、

「次は、俊之助だ。……さァ、こい！」

雲十郎は、俊之助相手に、はまと同じ稽古をつづけた。

いつしか、陽は西の空にまわり、樹陰や笹藪のなかに淡い夕闇が忍び寄っていた。はまと俊之助はふらふらになっている。

「今日は、これまでだ」

雲十郎が声をかけた。

暗くなる前に、はまや篠田たちを藩邸まで帰さねばならない。

稽古場の片付けや身支度が終わると、

「おれが、途中まで送って行こう」

そう言って、馬場がはまたちといっしょに借家を出た。

馬場は厳つい顔に似合わず、はまと俊之助に対してやさしく、兄弟のように接することがあった。

2

……だれか来る！

雲十郎は、縁先に近付いてくるかすかな足音を聞いた。ふたりだった。庭で聞こえていた虫の音が、やんでいる。

雲十郎は、座敷で茶を飲んでいた。おみねが夕餉の後、淹《い》れてくれたのである。馬場はいなかった。はまたちを送っていったまま帰ってこない。ただ、馬場のことは心配していなかった。馬場は藩邸に出向いて遅くなると、徒組の者が住む長屋に泊まってくることがあったのだ。

雲十郎は、傍らに置いてあった刀を引き寄せた。

ふたりの足音は、縁先でとまった。

……雲十郎さま。

女の声だった。

ゆいである。もうひとりは、配下の小弥太であろうか。

雲十郎は立ち上がって、障子をあけた。外は、濃い夕闇につつまれている。

忍び装束《しょうぞく》のふたりは、縁先に片膝を突いて待っていた。

「おい、そう堅苦しくなるな。縁側に腰を下ろしてくれ」

雲十郎は、ふたりに声をかけてから、縁先に腰を下ろした。

すぐに、ふたりは立ち上がり、雲十郎からすこし間をとって縁先に腰を下ろした。

「小弥太、久し振りだな」

雲十郎は小弥太に声をかけた。

「はい、ご家老のお指図で、江戸にまいりました」

小弥太が、丁寧《ていねい》な物言いをした。

小弥太も、梟組のひとりである。まだ、二十歳そこそこで、小柄でずんぐりしていた。丸顔で、目が糸のように細い。地蔵のような顔付きである。

「雲十郎さま、ここで、俊之助どのとはまどのが、剣術の稽古をされているようですが……」

ゆいが、小弥太にも状況を教えるために、小声で訊いた。

「稲川と滝沢を討つための稽古だ」

「先手組の島内権之助を、捕らえたと聞きましたが」

「捕らえて吟味した」

「何か知れましたか」

ゆいが雲十郎に目をむけて訊いた。

「知れた。先手組物頭の八坂が島内に指図し、大金を仲間たちに渡したらしい。……島内を捕らえたときに、八坂からあずかった二十両を持っていた。以前、稲川たちに百両渡したこともあるそうだ」

「その金は、どこから出たものですか」

ゆいも、八坂が大金を出せるとは思わなかったらしい。

「はっきりしないが、用人の原柴さまではないかとみている」

雲十郎が、原柴も鬼仙流一門だったこと、若いころ八坂と同じ先手組だったことなどを話した。

「原柴さまが……」

ゆいの顔がけわしくなった。何か思いあたることがあるのかもしれない。

「ゆい、原柴さまのことで何か知っているのか」

雲十郎が訊いた。

「何年か前のことですが、原柴さまは、稲川たちに討たれた利根村さまと、用人の座を争ったことがございます」

ゆいによると、原柴と利根村は年齢もちかく、同じような出世の道を歩んでいたこともあって、互いに競い合うようなところがあったという。

「そう言えば、利根村さまは一刀流で、原柴さまは鬼仙流だな」

「はい、剣の一門の対立もございます。それに、利根村さまには、ちかごろ中老に栄進する話があったと聞いています」

ゆいが言った。

「その話は、おれも聞いている」

原柴は、利根村に先を越されたとみて、殺す気になったのであろうか——。ただ、原柴は江戸にいて、国許には帰っていない。稲川や滝沢に、利根村を暗殺するよう指図できるだろうか。

雲十郎がそのことを話すと、

「わたしも、江戸にいる原柴さまが、稲川たちに暗殺を指図したとは思えません。……ですが、原柴さまがかかわっていたのは、まちがいないでしょう」

ゆいが、言った。

「そうだな。……八坂をとおして、稲川たちに金を渡していたのは、原柴さまらしいからな」

雲十郎がそう言うと、小弥太がつづいて、

「それがしが、原柴さまの身辺を探ってみましょうか」

と、ゆいに訊いた。

「そうしておくれ」

ゆいが、小頭らしい物言いをした。

「ところで、ゆいたちも、何かつかんだのか」

雲十郎が訊いた。ゆいたちは、雲十郎に何か知らせることがあって姿を見せたはずである。

「はい、雲十郎さまたちは、仙石市兵衛という牢人の行方を追っているはずですが」

ゆいが訊いた。

「追っている」

どうやら、ゆいは仙石のことも知っているようだ。

「仙石の居所をつかみました」

「つかんだか！」

思わず、雲十郎の声が大きくなった。

仙石の住んでいた裏伝馬町の借家を、浅野の配下の目付たちが見張っているが、まだ姿をあらわさなかった。

「はい、木挽町《こびきちょう》、三丁目の町宿に身をひそめております」

木挽町は、三十間堀《さんじっけんぼり》沿いに、一丁目から七丁目までつづいている。

ゆいによると、その町宿には、喜久田寅之助《きくたとらのすけ》という藩士が住んでいるという。喜久田は、先手組だそうだ。

「喜久田も、八坂たちの仲間か」

「そのようです」

ただ、八坂は物頭で、その下に小頭がいる。そのため、八坂が直接喜久田を指図することはすくないという。

「さっそく、浅野どのに話して手を打とう」

雲十郎は、喜久田と仙石を捕らえて自白させれば、原柴のかかわりだけでなく、利根村が暗殺された理由もはっきりするのではないかと思った。

「雲十郎さま、懸念がございます」

ゆいが、声をあらためて言った。

「懸念とは？」

「仙石と喜久田が、この家を探っていたのです」

ゆいによると、雲十郎を訪ねて来たとき、武士がふたり物陰に身を隠して、この家に目をやっているのを見かけ、跡を尾けた。そして、ふたりが仙石と喜久田であり、隠れ家が木挽町であることも知れたという。

「おれたちを見張っていたのか」

「雲十郎さまと馬場さまを、襲うつもりかもしれません」

ゆいが、顔をけわしくして言った。

3

ゆいが、雲十郎のところに姿を見せた三日後だった。

雲十郎と馬場は、夕餉の後、座敷で茶を飲んでいた。ここ三日、雲十郎と馬場は用心して酒を飲むのをひかえていたのだ。

「鬼塚、仙石たちは、ここを襲うかな」

馬場が目をひからせて言った。

「襲うな。……おれたちが、島内を捕らえて、ここで吟味したことをつかんだにちがいない」

その島内は、まだ奥の納戸に閉じ込めてあった。面倒は、雲十郎と馬場とで見ていた。面倒を見るといっても、厠《かわや》に連れていくくらいである。めしの支度は、おみねがしてくれた。それに、雲十郎たちが面倒を見るのも、そう長い間ではなかった。浅野の話では、喜久田と仙石の隠れ家を襲い、どちらか捕縛すれば、島内も藩邸に連れていくという。

「仙石と喜久田、ふたりか」

馬場は、気になっているようだ。馬場だけではない。雲十郎も、気にしていた。いつ襲ってくるか分からない敵を待つより、馬場とふたりで藩邸内の長屋に寝泊まりさせてもらおうかと思ったほどだ。

「ふたりなら、何とかなるが、稲川と滝沢もいっしょだと厄介だな」

敵が四人だと、太刀打ちできないかもしれない。

「四人で踏み込んできたら、逃げればいい」

馬場が言った。

「それしかないな」

雲十郎も、逃げようと思っていた。仙石たちが襲うとすれば、俊之助や篠田たちとの稽古が終わってからであろう。暗くなってからなら、何とか逃げられる、と雲十郎はみていた。

馬場は茶を飲み終えると、大きく伸びをし、

「そろそろ、寝るか」

と、欠伸《あくび》を嚙《か》み殺しながら言った。

「おい、まだ、暗くなったばかりだぞ」

暮れ六ツ（午後六時）の鐘が鳴って、半刻（一時間）ほどしか経っていない。

「だが、酒も飲まないとなると、寝るしかないぞ」

「勝手に、寝ろ」

雲十郎は、まだ眠くなかった。

そのときだった。家の戸口の方で、かすかな足音がした。ひとりではない。何人かいるようだ。

「馬場、だれか、来るぞ」

雲十郎が小声で言った。

「足音がする……！」

馬場の顔が、ひきしまった。大きな目を瞠いている。眠気は吹き飛んだようだ。

「三、四人いるぞ」

雲十郎は立ち上がり、座敷の隅に置いてあった大刀を手にした。

「仙石たちか」

馬場も立ち上がった。

足音は戸口の前でとまり、ゴトッ、とかすかな音がした。引き戸をあけようとしたらしい。雲十郎と馬場は、念のため、心張り棒で戸締まりしてあった。簡単には開かないはずだ。

「こっちにくる！」

馬場が声をひそめて言った。

忍び足で、縁側の方へまわってくる。雲十郎たちは、縁側に面した座敷にいた。そ

こは、障子がたててあるだけである。

「引き寄せろ！」

雲十郎が声をひそめて言った。

「よし」

馬場は、刀の柄に手をかけた。

「きゃつらが、縁側に上がったら、障子越しに、一太刀浴びせろ」

「承知」

馬場がうなずいた。

「一太刀浴びせたら、おれが行灯《あんどん》の火を消す。……すぐに、背戸から逃げるんだ」

「鬼塚は？」

「おれも、逃げる」

雲十郎は、背戸から逃げるしかないと思った。

馬場が無言でうなずいた。

足音が庭から縁側に近寄ってきた。障子が行灯の灯で明らんでいる。襲撃者たちは、座敷にひとの気配を感じとっているはずだ。

……四人だ！

雲十郎は、足音から四人であることを察知した。

まず、ふたり――。縁側に近付いてくる。

雲十郎は、腰に帯びた刀の鯉口を切り、刀の柄を握って居合腰に沈めた。

……横霞《よこがすみ》を遣う！

雲十郎には、横霞と称する必殺剣があった。

神速の居合の抜き付けの一刀を横一文字に払い、敵の胸の辺りを斬り、一太刀で仕留めるのである。

横に払う太刀が迅く、敵の目には一瞬閃光が映るだけである。それで、横霞と呼ばれている。

馬場は刀を抜き、低い八相に構えていた。敵が障子に迫ったら、そのまま袈裟に斬り込むつもりらしい。

ひとり、縁側に上がった。つづいて、もうひとり――。ミシ、ミシ、と縁側を踏む音が聞こえた。

敵の姿は見えないが、抜き身を手にしているはずである。

残るふたりも、縁側に上がったらしい。

そのときだった。雲十郎は、障子の向こうにひとの迫る気配を感じた。

敵が、障子に手をかけた。

刹那、雲十郎の全身に、抜刀の気がはしった。シャッ、という刀身の鞘走る音がし、閃光がはしった。

刹那、バサッ、と障子が裂けた。次の瞬間、グワッ、という呻き声が聞こえ、バラバラと障子に血が飛んだ。

イヤアッ！

馬場が裂帛の気合を発し、八相から袈裟に斬り下ろした。

バサリ、という大きな音がし、障子が斜に裂けた。だが、切っ先は襲撃者にとどかなかったらしい。裂けた障子の間から、後ろに身を引く黒い人影が見えた。

「馬場、逃げろ！」

叫びざま、雲十郎は行灯のそばに行き、火を吹き消した。

座敷が真っ暗になった。障子だけが、月光を映じて青白くひかっている。

雲十郎は手探りで右手の廊下にむかった。廊下は裏手の台所に通じていて、背戸から外に出られる。

馬場も、奥の襖《ふすま》を手で触りながら廊下にむかった。

縁側にいたひとりが、障子をあけ放ち、

「逃がすな！」

と、叫んだ。

月明りが、座敷を仄《ほの》かな青磁色に染めている。

「右手だ！」

座敷にいた大柄な男が声を上げ、廊下の方へ手探りでむかった。

雲十郎と馬場は廊下に出ると、裏手へむかった。勝手知った家なので、暗闇のなかでも歩くことができる。

そのとき、表の座敷の方で、「裏手だ！　仙石、裏手へ」という声がひびいた。つづいて、廊下へ出たらしい足音が聞こえた。やはり、仙石たちである。

雲十郎と馬場は、急いで廊下から台所の土間へ下りた。そこも暗かったが、手探りで背戸へ行き、板戸をあけた。

月光が満ちていた。暗い家から出たせいか、屋外が明るく感じられた。

雲十郎と馬場は裏手の小径《こみち》をたどって、数町先にあった古刹《こさつ》の境内に逃げた。仙石たちに借家を襲われたとき、寺に逃げ込もうと決めてあったのだ。

雲十郎と馬場は、寺の住職に夜盗に襲われて逃げてきたと話し、その夜、庫裏《くり》で休ませてもらった。

翌朝、ふたりは住職に礼を言って、借家にもどった。

付近に、人影はなかった。廊下と破れた障子に血痕が残っていた。雲十郎が、抜き打ちに斬った男の流した血らしい。だが、命にかかわるような傷ではないらしく、出血もそれほど多くなかった。

雲十郎と馬場は、家のなかをまわってみた。

「おい、納戸の戸があいているぞ」

馬場が言った。

島内を監禁しておいた納戸である。

「殺《や》られている！」

島内は、後ろ手に縛られたまま血に染まっていた。刀で胸を突かれたらしく、夥《おびただ》しい血が、辺りに流れ出ていた。仙石たちが、島内の心ノ臓を突き刺したらしい。

「口封じだ」

雲十郎が言った。

仙石たちは捕らえられていた島内を助けずに、息の根をとめて口を封じたのである。

「仲間まで、殺すのか」

馬場の顔が怒りに染まった。

4

「なに、島内が殺されたと！」

浅野が驚いたような顔をして訊いた。

「踏み込んできた仙石たちが、口封じのために殺したようだ」

雲十郎が言った。

山元町にある借家だった。四ツ（午前十時）ごろ、浅野が目付の室川と元沢を連れて姿を見せたのだ。

雲十郎と馬場は、浅野たちに昨夜の様子を話してから、

「死骸《ほとけ》は庭に出してある」

と言って、今朝、島内の死体を納戸から出して庭の隅に運んだことを言い添えた。

「島内の亡骸《なきがら》は、われらが引き取る」

浅野が言った。

「だが、これで済んだとは思えぬ。仙石や稲川たちは、また、ここを襲うはずだ」

馬場の顔が、いつになくけわしかった。

「おれたちだけではない。……隙をみて、俊之助やはまも襲うかもしれん」

雲十郎は、俊之助たちの行き帰りがあぶないとみていた。

「ここに、目付の者を何人か寝泊まりさせるか」

浅野が言った。

「それもいいが、守るより攻めた方がいいな」

「攻めるとは？」

「仙石と喜久田の居所が知れたのだ。先に、ふたりを押さえたらどうだ」

すでに、雲十郎は、喜久田の住む町宿に仙石が身をひそめていることを、浅野に話してあったのだ。

「仙石は、木挽町の借家にいるようだ」

浅野が言った。

「ふたりだけなら、おれたちだけで押さえられる」

雲十郎は、仙石を捕縛するのは難しいが、喜久田は捕らえられるだろうと思った。喜久田を吟味して、稲川たちの隠れ家を吐かせれば、すぐに次の手が打てる。それに、仙石を討てば、敵の戦力は落ちて、この家を襲うのもむずかしくなるはずだ。

「よし、それで、いつやる」

浅野も、その気になったようだ。

「早い方がいい。明日の、夕刻はどうだ」

雲十郎が、浅野の配下の目付から三、四人集めてもらえば、何とかなることを言い添えた。

「承知した」

それから、雲十郎たちは、明日の手筈《てはず》を相談した。

翌日の昼過ぎ、雲十郎と馬場は山元町の借家を出ると、溜池沿いの道を経て東海道に出た。

汐留川《しおどめがわ》にかかる芝口橋《しばぐちばし》（新橋《しんばし》）のたもとに来ると、川岸近くに室川の姿があった。雲十郎たちを待っていたようだ。

「浅野どのたちは」

雲十郎が訊いた。

「先に、木挽町に行っています」

室川によると、浅野は目付の元沢と与野を連れ、仙石たちを見張るために昼ごろ藩邸を出たという。

「おれたちも行こう」

雲十郎たちは、室川と木挽町にむかった。

芝口橋を渡ると、すぐに左手におれ、しばらく川沿いの道を歩いてから、三十間堀沿いの道に入った。

雲十郎たちは、堀沿いの道を北にむかった。前方に新《あたら》シ橋《ばし》が見えてきたところで、室川が先にたち、

「橋を渡って、すぐです」

と、声をかけた。

新シ橋を渡ると、たもと近くの柳の陰に浅野が待っていた。

「仙石と喜久田は」

雲十郎が訊いた。

「いる。……元沢と与野が、借家を見張っている」

浅野が言った。

「この近くか」

「この先の路地を入った先だ」

そう言って、浅野が京橋《きょうばし》の方にむかって歩きだした。

そこは、木挽町三丁目だった。町人地が、新シ橋のたもと近くから北につづいている。

浅野は二町ほど歩いたところで、足をとめ、

「その八百屋《やおや》の角をまがった先だ」

と言って、通り沿いにある八百屋を指差した。

小体な八百屋だった。長屋の女房らしい女が、店先に置かれた青菜に目をやっていた。その八百屋の脇に、路地があった。

「まだ、仕掛けるには早いが、付近の様子を見ておくか」

雲十郎が、西の空に目をやって言った。

陽は西の家並のむこうに沈みかけていたが、まだ辺りは日中の明るさが残っていた。三十間堀沿いの通りには、ぽつぽつと人影があった。いま、斬り合うと騒ぎが大きくなるだろう。

「こっちだ」

浅野が先にたった。

八百屋の脇の路地に入り、二町ほど歩いたところで、浅野は足をとめ、

「そこに、路地木戸があるな」

と、長屋につづく路地木戸を指差して言った。

「ある」

「その斜向かいの家だ」

路地木戸の斜向かいに仕舞屋があった。借家らしい小体な家である。

「元沢どのです」

室川が小声で言った。

見ると、元沢が路地木戸の脇から姿を見せ、足早に近付いてきた。雲十郎たちの姿を目にしたのだろう。

「どうだ、変わりないか」

浅野が元沢に訊いた。

「はい、仙石と喜久田は、家にいます」

元沢が小声で言った。

「与野は？」

「路地木戸の脇に」

見ると、路地木戸の脇に人影があった。そこから、与野は仙石たちを見張っているらしい。

雲十郎たちも路地木戸の脇に行き、仕舞屋に目をやった。戸口の引き戸は、しまっていた。ときおり、家のなかから物音が聞こえた。障子をあけしめする音らしい。

5

「踏み込むか」

雲十郎が、浅野に目をやって言った。

すでに、暮れ六ツ（午後六時）の鐘が鳴り、辺りは淡い夕闇につつまれていた。路地沿いの店は店仕舞いし、人影も途絶えている。

「よし、踏み込むぞ」

浅野が、室川たちに声をかけた。

雲十郎たちは、忍び足で仕舞屋の戸口に近付いた。家のなかから、くぐもったような男の声が聞こえた。仙石と喜久田が、話しているらしい。

家の戸口に立ったのは、雲十郎、馬場、浅野、室川の四人である。元沢と与野は、戸口からすこし離れて路地に立ち、周囲に目を配っていた。仙石か喜久田が、家の裏手や脇から飛び出してきたとき、対応するためである。

「戸をあけるぞ」

雲十郎が声をひそめて言い、引き戸をあけた。

ゴトゴトと重い音がして、引き戸があいた。土間につづいて狭い板間があり、その先が座敷になっている。

座敷に、ふたりの武士がいた。胡座《あぐら》をかいて酒を飲んでいたらしい。膝先に貧乏徳利と、湯飲みが置いてある。

「なにやつ！」

ふいに、大柄な武士が叫んだ。仙石である。

仙石は、すぐに傍らに置いてあった大刀を手にして立ち上がった。

もうひとりは、喜久田であろう。三十がらみと思われる瘦身の武士である。

瘦身の武士は顔をこわ張らせて立ち上がり、

「あ、浅野どの……」

と、声を震わせて言った。

「喜久田、訊きたいことがある。……われらに、従え！」

浅野が、語気を強くして言った。

やはり、瘦身の武士は、喜久田である。顔がひき攣り、体を顫わせている。

喜久田は後じさりながら、

「あ、明日、藩邸に行く……」

と、声を震わせて言った。

「明日ではない。これから、われらといっしょに行くのだ」

そう言って、浅野が座敷に踏み込もうとすると、

「うぬら、おれが始末してやる！」

仙石が声を上げ、抜刀する気配を見せた。

「仙石、おぬしの相手は、おれだ」

雲十郎は、仙石を表に引き出そうと思った。狭い家のなかで斬り合うと、勝負がど

う転ぶか分からない。誤って鴨居《かもい》にでも斬りつければ、それで勝負がついてしまう。

「うぬか、介錯人は」

仙石が、雲十郎を見すえて言った。

「名は、鬼塚雲十郎」

「鬼塚、おれの首は落とせぬぞ」

仙石は抜刀し、鞘を足元に落とした。

「やってみねば、分かるまい。……仙石、表に出ろ！」

雲十郎は、仙石に体をむけたまま後じさった。

「よかろう」

仙石は、抜き身を引っ提げたままゆっくりと戸口に出てきた。

雲十郎が敷居を跨《また》ぐと、土間にいた馬場も慌てて外へ出た。雲十郎が危ういとみたら、助太刀するつもりなのである。

浅野と室川は土間の隅に身を寄せ、仙石が土間に下りる隙をとらえて、すばやく板間に上がった。座敷に残っている喜久田を取り押さえようとしたのである。

「喜久田、おとなしくしろ！」

浅野が、喜久田の前にまわったときだった。

ふいに、喜久田が刀を抜き、

「よ、寄るな！」

と叫んで、切っ先を浅野にむけた。

喜久田の顔がこわばり、目がつり上がっていた。浅野にむけられた切っ先が、ワナワナと震えている。

やむなく、浅野も刀を抜き、

「喜久田、刀を引け！」

と、語気を強めて言った。

これを見た室川も抜刀し、喜久田の左手にまわり込んだ。

「さ、下がれ！」

喜久田は、浅野に切っ先をむけたまま前に出ようとした。戸口から、外へ逃げようとしている。

そのとき、左手にまわり込んでいた室川が、一歩踏み込んだ。喜久田の隙を見て、斬り込むつもりらしい。

室川が近付いたのを見た喜久田は、ヤアアッ！と、甲走った気合を発し、刀を振り上げざま浅野に斬りつけた。

咄嗟《とっさ》に、浅野は身を引いて喜久田の斬り込みをかわした。

タアッ！

鋭い気合とともに、室川が斬り込んだ。浅野が危ういとみたのかもしれない。

喜久田の小袖が、ザクリ、と裂けた。左肩から背へ、肌があらわになった。

ギャッ！

と、悲鳴を上げ、喜久田が身をのけ反《ぞ》らせた。

喜久田は手にした刀を取り落とし、前によろめいた。あらわになった肌から血が迸り出、見る間に赤く染めていく。

喜久田はその場にへたり込み、苦しげな呻き声を上げた。顔が苦痛にゆがんでいる。

浅野は喜久田に、

「喜久田、しっかりしろ！」

と、声をかけた。浅野は、喜久田から聞きたいことがあったのである。

室川は喜久田に身を寄せると、傷口に目をやって顔をしかめた。出血が激しく、このままでは助からないとみたようだ。

すぐに、浅野は、喜久田と仙石がいた座敷に目をやり、衣桁《いこう》に小袖がかかっているのを見ると、それを手にして喜久田のそばにもどった。

浅野は小袖の袖を小刀で引き裂き、

「これで、血をとめる」

と言って、傷口に強く押し当てた。

それで、出血がとまるはずはないが、多少は抑えられるかもしれない。

喜久田は、浅野たちのなすがままになっている。

6

雲十郎は、仙石と対峙していた。

借家の前の路地である。辺りは淡い夕闇につつまれ、仙石の手にした刀身が銀色《しろがねいろ》にひかっている。

仙石はまだ構えていなかった。抜き身を右手に持ったままである。

雲十郎は左手で刀の鯉口を切り、右手で刀の柄を握っていた。だが、まだ居合の抜刀体勢をとっていない。

馬場は仙石の左手にまわり込んだが、大きく間合をとっていた。雲十郎と仙石の闘いの様子を見て助太刀するつもりである。

元沢と与野は雲十郎たちから離れて、ふたりに目をやっていた。

雲十郎と仙石の間合は、およそ四間――。まだ、斬撃の間境の外である。

「仙石、おぬしは鬼仙流一門か」

雲十郎が訊いた。仙石が何者なのか、雲十郎も浅野も、つかんでいなかった。

「どうかな」

仙石の口許に薄笑いが浮いた。

「畠沢藩の者ではあるまい」

「おれは、牢人だ」

そう言うと、仙石はすばやく周囲に目をやった。馬場や元沢たちの位置を確かめたらしい。

「牢人が、なにゆえ、稲川たちに味方する」

さらに、雲十郎が訊いた。

雲十郎は、仙石を生きたまま捕らえるのはむずかしいとみていた。それで、闘う前に、すこしでも仙石から話を聞いておきたかったのである。

「稲川に訊いてみろ」

言いざま、仙石は刀身を上げて八相に構えた。

すかさず、雲十郎は居合腰に沈め、居合の抜刀体勢をとった。

仙石の八相の構えは両肘《りょうひじ》を高くとり、刀身を垂直に立てていた。大きな構えである。大柄な体とあいまって、上からおおいかぶさってくるような威圧感があった。

……手練だ！

と、雲十郎は察知した。

仙石の八相の構えには隙がなく、鋭い気魄《きはく》といまにも斬り込んできそうな斬撃の気配があった。それに、身辺には、多くのひとを斬ってきた者の持つ残忍さと凄絶さがただよっていた。

雲十郎は身震いした。恐れや怯《おび》えではない。強敵と対峙したときの武者震いである。

……横霞を遣う！

雲十郎は、横霞で勝負を決しようと思った。

横霞は敵の胸のあたりを狙い、居合の抜き付けの一刀を、横一文字に払って仕留める必殺技である。

雲十郎と仙石は、四間ほどの間合をとったまま対峙していたが、

「いくぞ！」

仙石が声を上げ、先に動いた。

足裏を摺るようにして、ジリジリと間合を狭めてきた。切っ先で天空を突くように高く構えた刀身が、夕闇を切り裂きながら迫ってくる。その大きな構えとあいまって、巨岩が迫ってくるような迫力があった。

雲十郎は気を静めて、仙石の気の動きと間合を読んでいた。居合は、抜き付けの一刀で勝負を決することが多い。敵の斬撃の気配を感知するとともに、間合を正確に読むことが大事である。

ふいに、仙石の全身に斬撃の気がはしった。

……この遠間から仕掛けるのか！

一瞬、雲十郎は逡巡《しゅんじゅん》した。

まだ、一足一刀の斬撃の間境から半間ほども遠い。

イヤアッ！

突如、仙石が裂帛の気合を発した。次の瞬間、雲十郎の目に、仙石の大柄な体が膨《ふく》れ上がったように見えた。

仙石が大きく踏み込んだ。

……くる！

察知した雲十郎は、抜き付けた。

シャッ、という刀身の鞘走る音がし、閃光が横一文字にはしった。

迅い。横霞の一颯である。

刹那、仙石の小袖の右肩が裂けた。

一瞬遅れて、仙石の切っ先が、刃唸《はうな》りをたてて雲十郎の真っ向を襲った。

だが、仙石の切っ先は、雲十郎の額《ひたい》をかすめて空を切った。

雲十郎の切っ先は仙石の右肩をとらえ、仙石のそれは雲十郎にとどかなかった。

居合は片手斬りである。そのため、斬り込んだとき、刀を持った右肘が真っ直ぐになって前に伸びる。その分だけ、居合は遠間から仕掛けられるのだ。

だが、仙石の右肩は、浅手だった。裂けた着物に、うすく血の色が浮いただけである。

いきなり、仙石は雲十郎の脇をすり抜け、

「勝負、あずけた！」

叫びざま、疾走《しっそう》した。逃げたのである。

雲十郎は驚いた。仙石が逃げるなどとは、思ってもみなかった。それでも、すぐに反転し、仙石に追いすがって斬り込んだ。

だが、切っ先は仙石にとどかず、背をかすめて空を切った。

仙石は雲十郎にはかまわず、全力で走った。大柄だが、足は速かった。雲十郎との間はすぐに離れた。

「待て！」

馬場や元沢たちも、仙石の後を追った。

だが、仙石との間は縮まらなかった。仙石は、路地沿いの店の脇にあった裏路地に駆け込んだ。そして、長屋につづく路地木戸をくぐった。長屋のなかに逃げ込んだのである。

雲十郎や馬場は、路地木戸をくぐったところで足をとめた。仙石の姿は、見当たらなかった。

長屋は濃い夕闇につつまれていた。家々から淡い灯が洩れている。

「逃げられた」

雲十郎が言った。

「に、逃げ足の速いやつだ」

馬場が荒い息を吐きながら言った。

「あやつ、外へ出てきたときから、逃げるつもりだったのだ」

仙石は、雲十郎ひとりだったら闘ったかもしれない。だが、馬場の他にふたりの藩士がいるのを見て、四人相手では勝ち目がないと踏んだのだろう。仙石は剣の腕にくわえ、闘いの状況を読む確かな目も持っているようだ。

「もどるぞ」

雲十郎が、馬場や元沢たちに声をかけた。


そのころ、浅野と室川は、喜久田とともに借家の座敷にいた。

喜久田は顔を苦しげにゆがめ、喘《あえ》ぎ声を洩らしていた。喜久田の肩にあてがった袖が、血で真っ赤に染まっている。

「喜久田、仙石は何者だ」

浅野が訊いた。

「……ろ、牢人だ」

喜久田が、声をつまらせて言った。隠す気はないようだ。傷が深く、隠す気力も失せているのかもしれない。

「牢人が、なにゆえ、稲川たちの仲間にくわわったのだ」

さらに、浅野が訊いた。

「……いまは、牢人だが、国許に住んでいた郷士らしい」

「江戸に出て、牢人暮らしをしていたわけか」

「そ、そうだ。……鬼仙流を修行したらしい」

喜久田が、苦しげに喘ぎ声を洩らした。顔が紙のように蒼ざめ、体が小刻みに顫えている。

「国許にいるとき、稲川たちと同門だったのだな」

浅野は、なぜ仙石が稲川たちと結びついたのか分かった。

「稲川と滝沢は、どこにいる」

浅野が、もっとも知りたいことだった。

「……あ、赤坂新町《しんまち》……」

喜久田の声が震えた。体の顫えが、さらに激しくなっている。

……長くない！

と、浅野はみた。

「赤坂新町のどこだ」

浅野が声を大きくして訊いた。

そのとき、喜久田が、グッ、と喉の詰まったような呻き声を洩らし、顎を前に突き出すようにして背を反らせた。

浅野が喜久田の両肩を摑み、

「しっかりしろ！」

と、声をかけた。

ガクッ、と喜久田の首が垂れ、全身から力が抜けた。

喜久田は、浅野に両肩をつかまれたまま、ぐったりとなった。

「……死んだ」

浅野がつぶやいた。

第四章　隠れ家

1

借家の脇の稽古場に、淡い薄闇が忍び寄っていた。

空がどんより曇《くも》っている。暮れ六ツ（午後六時）までにはだいぶ間があるが、辺りは夕暮れ時のように薄暗い。

稽古場では、雲十郎と馬場が、はま、俊之助、室川、篠田の四人に剣術の指南をしていた。徒士の米山の姿はなかった。都合があって、今日は稽古を休んだのである。

雲十郎は、辺りが薄暗くなってきたのを見て、

「これまで！」

と、はまたちに声をかけた。今日は、早めに藩邸に帰そうと思ったのである。

雲十郎たちが、喜久田と仙石の隠れ家に踏み込んで七日過ぎていた。まだ、稲川、滝沢、仙石の居所はつかめていなかった。

稲川たちは、追い詰められている、と雲十郎はみていた。稲川たちは、浅野たちの追及から逃れるために、江戸から姿を消すかもしれない。だが、その前に、はまと俊之助の命を狙うのではあるまいか。

それに、雲十郎には気掛かりなことがあった。半刻（一時間）ほど前、深編み笠の武士が路地を通りかかり、すこし歩調を緩《ゆる》めて稽古の様子を見ていったのである。雲十郎は、その武士の身辺に殺気があったような気がしたのだ。

雲十郎の声で、はまや俊之助たちは稽古をやめ、稽古場を片付けてから借家にもどった。そして、座敷で着替えを済ませると、雲十郎と馬場に指南の礼を言ってから借家を出ようとした。

「待て、今日は、おれが藩邸まで送っていく」

雲十郎が、はまたちに声をかけた。

すると、馬場もいっしょに行くと言い出した。馬場は、ひとりで借家に残っていてもつまらないのだろう。

雲十郎たちは山元町にある借家を出ると、南に足をむけ、赤坂御門を経て溜池沿いの道に出た。

溜池沿いの道は淡い夕闇につつまれ、ひっそりとしていた。人影もいつもより、すくないようだ。ときおり、風呂敷包みを背負った行商人や供連れの武士などが、通りかかるだけである。

「どうだ、手は痛むか」

雲十郎が、はまに訊いた。表情はかわらなかったが、声にはいたわるような響きがあった。

「いえ、父の無念を思えば、どのような試練も堪えられます」

はまが、きつい顔をして言った。

「そうか」

雲十郎は、それ以上訊かなかった。

雲十郎が、通りの左右に目を配りながら歩いていると、

「鬼塚、何か気になることでもあるのか」

馬場が訊いた。

「いや、用心のためにな」

「稲川たちが、襲うとみているのではないか」

馬場が雲十郎に身を寄せ、声をひそめて訊いた。

「気のせいかもしれん」

雲十郎は、杞憂《きゆう》かもしれないと思った。

左手は溜池沿いに芒《すすき》や葦などが繁茂し、その先に溜池の水面がひろがっていた。

淡い夕闇のなかで、水面が黒ずんでいる。右手には町家がつづいていたが、表戸をし

めた店がほとんどである。

前方左手に、稲荷《いなり》の杜と赤い鳥居が見えてきた。杜といっても、境内に何本か樫や欅《けやき》が植えられているだけである。

「おい、後ろのふたり、おれたちを尾けているようだぞ」

馬場が雲十郎に身を寄せて言った。

「うむ……」

雲十郎も気付いていた。半町ほど後ろから、深編み笠の武士がふたり、足早に歩いてくる。裁着袴に、草鞋履《わらじば》きである。

「相手は、ふたりだ。襲うことはあるまい」

馬場が言い添えた。

「ふたりだけで、襲うことはないが……」

雲十郎は、仲間がどこかで待ち伏せしているかもしれない、と思った。

雲十郎と馬場のやりとりが聞こえたのか、近くにいたはまと俊之助も、背後に目をやった。ふたりの顔がこわばっている。

雲十郎たちは、すこし足を速めた。それとなく背後に目をやると、後ろのふたりの足はさらに速くなった。雲十郎たちとの間が狭まっている。

稲荷の杜が近付いてきた。夜禽《やきん》でもいるのか、樫の葉叢《はむら》がごそごそと揺れている。

そのときだった。赤い鳥居をくぐって、人影が通りに飛び出してきた。

三人――。いずれも、武士だった。頭巾で顔を隠している。小袖に裁着袴で、草鞋履きである。

「待ち伏せだ！」

室川が叫んだ。

後ろのふたりが、疾走してきた。

「後ろからも来る！」

俊之助の足が、とまった。目を剝き、硬直したようにつっ立っている。

「ここに、集まれ！」

雲十郎が叫んだ。

前を歩いていた室川と篠田が、慌てて雲十郎たちのそばにもどった。

「池を背にしろ！」

雲十郎は、挟み撃ちになるのを避けようとしたのだ。

雲十郎、馬場、室川、篠田の四人が前になり、俊之助とはまは四人の背後にまわった。

通りの前後から、五人の武士がばらばらと走り寄った。背後のふたりも、黒頭巾をかぶっていた。深編み笠は捨てたらしい。

雲十郎の前に、大柄な武士がまわり込んできた。

……仙石だ！

その体軀を見て、雲十郎はすぐに察知した。

「仙石か」

雲十郎は、左手で刀の鯉口を切った。

「おぬしとは、勝負が残っているのでな」

仙石が、くぐもった声で言った。

馬場の前には、中背の武士が立った。肩幅がひろく、腰がどっしりしていた。体を厚い筋肉がおおっている。一目見て、武芸の修行で鍛えた体だと分かった。

室川と篠田の前にも、武士がまわり込んできた。いずれも腰が据わり、身辺に隙がなかった。遣い手とみていいようだ。

もうひとり、長身の武士が、左手から雲十郎たちの背後にいる俊之助とはまに近付いていく。

俊之助とはまは、恐怖と気の昂《たかぶ》りで顔がこわばり、目がつり上がっている。

雲十郎は、五人の敵に目をやり、

……太刀打ちできぬ！

と、思った。

四人も遣い手らしい。馬場はともかく、室川と篠田は後れをとりそうだ。俊之助とはまも、歯が立たないだろう。

雲十郎は一か八か、仙石との勝負を一気に決し、他の敵を相手にするしかないとみた。

2

雲十郎と仙石との間合は、およそ三間半――。

仙石は八相に構えた、以前、立ち合ったときと同じ、刀身を垂直に立てた大きな構えである。

雲十郎は右手を刀の柄に添え、居合腰に沈めると、足裏を摺るようにして仙石との間合をつめ始めた。

仙石の雲十郎を見つめた目に、驚きの色が浮いた。雲十郎が気攻めもせずに、一気に間合をつめてきたからであろう。

だが、すぐに、仙石の双眸《そうぼう》から驚きの色は消え、鋭いひかりを宿して、雲十郎を見すえた。

仙石は、八相に構えたまま動かなかった。雲十郎は、ジリジリと間合をつめていく。ふたりの間が狭まるにつれ、仙石の全身に斬撃の気が高まってきた。気勢が満ち、いまにも斬り込んできそうである。

……あと、半間！

雲十郎は、頭のどこかで読んでいた。横霞をはなつ間合までわずかである。

と、仙石が一歩踏み込んだ。

刹那、仙石の全身に斬撃の気がはしり、その大柄な体がさらに膨れ上がったように見えた。

イヤアッ！

突如、仙石が裂帛の気合を発した。

……くる！

察知した雲十郎は、鋭い気合とともに抜き付けた。

シャッ、という刀身の鞘走る音がし、閃光が横一文字にはしった。

次の瞬間、八相から真っ向へ閃光がはしった。仙石が斬り下ろしたのである。

二筋の閃光が、縦と横にはしって交差した。ふたりとも、遠間からの仕掛けだったため、切っ先がとどかなかったのだ。

ふたりは、背後に跳んで大きく間合をとった。敵の二の太刀を恐れたのである。

雲十郎は脇構えにとり、仙石はふたたび八相にとった。

「居合が抜いたな」

仙石の目が細くなった。笑ったらしい。

居合は抜刀すると、威力が半減する。仙石は雲十郎が抜刀したのを見て、勝てると踏んだのであろう。

……おれに、抜かせるために仕掛けたのか。

雲十郎は、仙石が遠間から仕掛けたのは、雲十郎に刀を抜かせるためだったことに気付いた。

「いくぞ！」

仙石が全身に気勢を込め、足裏を摺るようにして間合を狭め始めた。上から覆いかぶさってくるような威圧感がある。

雲十郎は、腰を沈めて脇構えに取った。居合の呼吸で、脇構えから逆袈裟に斬り上げるのである。

仙石が迫ってきた。大柄な全身から、痺《しび》れるような剣気をはなっている。

そのとき、ワッ！　と声を上げ、俊之助が後じさった。左袖が裂け、あらわになった腕に血の色があった。長身の武士の斬撃をあびたらしい。

と、俊之助の脇にいたはまが、
エイッ！

と、甲走った気合を発し、脇差で斬りつけた。

咄嗟に、長身の武士は体を反転させ、刀身を撥《は》ね上げた。

キーン、という甲高い金属音がひびき、はまの脇差が撥ね上がった。はまは、後ろによろめいた。

長身の武士は、はまを追わなかった。俊之助に迫り、二の太刀を浴びせようとしている。

雲十郎は目の端で長身の武士の動きをとらえ、このままでは、はまと俊之助が斬られる！　とみた。

雲十郎は、すばやく後じさり、仙石との間合があくと、
タアアッ！

と、気合を発し、脇構えにとったまま長身の武士にむかって突進した。俊之助を斬らせるわけにはいかない。

長身の武士は、急迫してくる雲十郎の姿を目にし、慌てた様子で後じさり、反転して切っ先を雲十郎にむけた。

この隙に、俊之助は長身の武士から逃げた。

雲十郎は、一気に長身の武士に身を寄せた。そして、斬撃の間境に迫るや否や、居合の抜刀の呼吸で、脇構えから逆袈裟に斬り上げた。一瞬の太刀捌《さば》きである。

サクッ、と長身の武士の着物の脇腹が裂けた。雲十郎の切っ先が、長身の武士の脇腹をとらえたのである。

長身の武士は、後ろによろめいた。致命傷になるような傷ではないが、裂けた着物が血に染まっている。

雲十郎は、踏み込んで長身の武士を仕留めようとした。そのとき、雲十郎の背に、焼き鏝《ごて》を当てられたような衝撃がはしった。

仙石だった。雲十郎の後を追い、間合に踏み込みざま背後から斬りつけたのである。

次の瞬間、雲十郎は脇に跳んだ。さらに、仙石が斬り込んでくると感知したのだ。

「鬼塚さま！」

はまが叫び、脇差を前に構えてつっ込んできた。

体ごと突き当たるような突きだった。はまは、脇差で畳を突く稽古をつづけてきたが、その突きの動きが、咄嗟に出たらしい。

だが、仙石は手練だった。すばやく脇に跳んで、はまの突きをかわした。

これを見た雲十郎が、
イヤアッ！

と気合を発し、袈裟に斬り込んだ。

居合ではなかったが、鋭い斬撃だった。切っ先が、仙石の肩から胸にかけて斬り裂いた。

が、浅手だった。わずかに、肩口に血の色が浮いただけである。

「稲川、女を斬れ！」

仙石が叫んだ。

すると、室川に切っ先をむけていた中背の武士が、はまの前に踏み込んできた。この武士が、稲川らしい。

「鬼塚、おぬしは、おれが斬る！」

仙石は鋭い目で雲十郎を睨み、八相に構えると、敏捷《びんしょう》な足捌きで間合を狭めてきた。

雲十郎は、脇構えにとったまま後じさった。

……このままでは、皆殺しになる！

雲十郎が、そう思ったときだった。

ふいに、仙石の背後で、ドスッ、というにぶい音がし、仙石が身をのけ反らせた。

足元に、鶏卵《けいらん》ほどの石が落ちている。

……石礫《いしつぶて》だ！

だれか、石礫を投げたらしい。

雲十郎は、仙石の背後に目をやった。

道沿いの店の脇に、人影があった。人影は、表戸をしめた軒下闇をすばやく動きながら石礫をつづけざまに打った。

……ゆいだ！

雲十郎は、その姿に見覚えがあった。

飛来した石礫は、仙石の足元と稲川の腰の辺りに当たった。ふたりは慌てて身を引き、石礫が放たれる方に体をむけた。

「何者だ！」

仙石が叫んだ。

とそのとき、溜池沿いに繁茂した葦のなかからも石礫が飛来した。

ゆいとは別の人影があった。

……小弥太だ！

小弥太が葦のなかから石礫を打ったのだ。

ギャッ！　と悲鳴を上げて、室川の前に立った武士が、身をのけ反らせた。小弥太の打った石礫が、武士の胸に当たったのだ。

ザザザッ、と葦が揺れ、つづけざまに石礫が飛んできた。小弥太は、葦のなかを動きながら石礫を打っている。

「引け！　引け」

稲川が叫んだ。

稲川につづいて仙石たちが後じさり、雲十郎たちから間があくと、抜き身を引っ提げたまま駆けだした。

……助かった！

雲十郎は、ゆいのいる店の脇に目をやった。

ゆいは雲十郎にちいさく頭を下げると、すぐに反転し、店の脇の暗がりに走り込んで姿を消した。

小弥太も、群生する葦のなかを稲荷の杜の方に去っていく。

馬場が雲十郎のそばに身を寄せ、

「ゆいどのたちか」

と、小声で訊いた。馬場もゆいと小弥太のことは、知っていた。

「そうだ。……あのふたりも、おれたちの跡を尾けていたようだ」

雲十郎は、ゆいが姿を消した暗がりに目をやってつぶやいた。

3

ゆいと小弥太は、雲十郎たちを助けただけではなかった。その場から逃げた仙石や稲川たちの跡を尾けたのだ。

仙石たち五人は、溜池沿いの道を愛宕下の方へむかって走り、稲荷の前を過ぎてしばらく行ってから、右手の通りに入った。

通りに入ってすぐ、仙石たちは頭巾をとった。頭巾をかぶって歩いていたら、盗賊とまちがわれるだろう。

辺りは濃い夕闇につつまれ、通り沿いの店は表戸をしめていた。人影もなく、ひっそりと静まっている。

ゆいと小弥太は、通り沿いの店の軒下闇や樹陰などをたどりながら、仙石たちの跡を尾けていく。ふたりは、闇に溶ける柿色の筒袖と裁着袴姿だった。足音も立てないので、仙石たちが振り返っても気付かれないだろう。

いっとき歩くと、町家はとぎれ、武家屋敷のつづく通りになった。その通りを抜けると、右手に町家がひろがっていた。その町人地が、赤坂新町である。左手は、武家地らしく御家人や旗本の屋敷がつづいていた。

仙石たちは赤坂新町に入ってしばらく歩いてから、右手におれた。そこに、路地があるらしい。

ゆいと小弥太は、小走りになった。仙石たちが右手にまがったため、その姿が見えなくなったのだ。

ゆいたちが路地の角まで来ると、三十間ほど先に仙石たちが立っていた。仕舞屋の前である。借家であろうか。古い家だが、借家としては大きかった。四、五間は、ありそうである。

ひとりの武士が、戸口の引き戸をあけた。

五人は、仕舞屋に入っていく。

「小頭、どうします」

小弥太が、ゆいに身を寄せて訊いた。

「ここが、稲川たちの隠れ家らしい。……小弥太、様子を探ってみようか」

ゆいが、仕舞屋を見すえて言った。

「心得ました」

ふたりは、すぐに仕舞屋にむかった。

ゆいは仕舞屋の近くまで行くと、小弥太と別れ、家の脇を通って裏手にむかった。

小弥太は、戸口近くに身をひそめてなかの様子を探るのである。

ゆいは、裏手の台所近くから灯が洩れているのを目にした。そこから、くぐもったような女の声が聞こえた。

ゆいは、台所の格子窓《こうしまど》の下に身を寄せて聞き耳をたてた。

……おまさ、酒はあるか。

男の声がした。

……あるけど、何人おみえになったんです。

おまさが答えた。その声に、不満そうなひびきがあった。おまさは、声をかけた男の妻女か、それとも年配の女中か。

……都合、五人だ。

……貧乏徳利の酒しかありませんよ。……もう酒屋は、しまってますしね。

……その酒を出してくれ。

男が言った。

どうやら、雲十郎を襲った五人のなかに、この家の主がいて、他の四人を連れ込んだらしい。

廊下を遠ざかっていくような重い足音がし、

……まったく、いまごろになって大勢連れ込んで。

女がそう独り言をつぶやいた。

それから、瀬戸物の触れ合うような音と床板を踏む音が聞こえたが、台所にはだれもいなくなったらしく、静寂につつまれた。

ゆいは、その場を離れた。表の方で、男たちの声が聞こえたからである。

小弥太は、足音を忍ばせて戸口から家の脇にまわった。濡れ縁があり、その先に障子がたててあった。そこは、座敷らしかった。障子が明らみ、何人かの男の声が洩れてきた。

小弥太は、濡れ縁の脇に身を張り付けるようにして聞き耳を立てた。

障子をあける音がし、

……酒は、すこししかないぞ。せいぜい、湯飲みに一杯ずつだな。

と、男の声がした。

……仕方ないな。今夜のところは、それで我慢《がまん》しよう。

別の男が言った。

……滝沢、どうだ、腹の傷は?

別の場所にいた男が訊いた。胴間声《どうまごえ》である。

雲十郎に腹を斬られた男が、滝沢である。ただ、小弥太は、雲十郎が滝沢を斬ったのを目にしていなかった。

……かすり傷だが、まだ血がとまらん。

……見せてみろ。

胴間声の男が訊いた。

座敷が、急に静かになった。その場にいた男たちは、滝沢の傷に目をやっているようだ。

……たいしたことはない。……酒で傷口を洗って、晒《さらし》を巻いてやる。

胴間声の男が言った。

そのとき、障子があく音がし、だれか入ってきた。

……おまさ、ここへ運んでくれ。

と、最初に声の聞こえた男が言った。

小弥太は座敷にいる男たちのやり取りを聞いて、胴間声の男が男たちの頭格であることが分かった。

そのとき、小弥太は背後に近付く、ひとの気配を察知して振り返った。

ゆいだった。忍び足で近付いてくる。

「その部屋に、集まっているようだね」

ゆいが、小弥太に身を寄せて言った。

それから、ゆいと小弥太は、座敷にいる男たちのやり取りに耳をかたむけた。

男たちの会話から、座敷に稲川と仙石がいることが知れた。さらに、胴間声の男は、遠藤《えんどう》という名であることも分かった。

男たちは、雲十郎たちを挟み撃ちにしたときのことを話しだした。稲川の口から、梟組のことが出た。どうやら、稲川は梟組のことを知っているらしい。ただ、ゆいと小弥太の名は出なかった。梟組らしいというだけで、だれかは分からないのだろう。

ゆいと小弥太は、しばらく男たちの会話に耳をむけていたが、品川宿《しながわしゅく》の女郎屋の話になったので、その場を離れた。

翌日、ゆいと小弥太は、町人ふうに身装《みなり》を変えて赤坂新町に出向き、近所で聞き込んでみた。その結果、稲川たちが雲十郎たちを襲った後で立ち寄った仕舞屋は、畠沢藩士、柳沢太三郎《やなぎさわたさぶろう》の町宿であることが知れた。おまさという女は、柳沢の妻女らしい。また、稲川と滝沢が、出入りしていることも分かった。

ゆいが話を聞いた近所の酒屋の親爺は、三、四人住んでいるのではないかと口にした。稲川、滝沢、仙石たちが、頻繁《ひんぱん》に出入りしているので、そう思ったのかもしれない。

ゆいは、赤坂新町で聞き込みをした翌日の夜、雲十郎の許に姿を見せ、小弥太とふたりで探ったことを知らせた。

「稲川と滝沢も、その借家に住んでいるのかもしれない」

雲十郎は、浅野から稲川と滝沢の隠れ家は、赤坂新町にあるらしい、と聞いていたのだ。

4

「柳沢太三郎という藩士の町宿だ」

雲十郎が浅野に言った。

雲十郎がゆいから話を聞いた翌日だった。

浅野が、室川、黒沢、元沢の三人を連れて、山元町の雲十郎と馬場の住む借家に姿を見せたのだ。

はまと俊之助の稽古は、中断していた。また、襲われる恐れがあったからである。それに、ここまで来ると稽古より、どうやって稲川たちを討つか、段取りを決めなければならない。

「柳沢は、先手組だ」

浅野が言った。

「すると、鬼仙流一門か」

雲十郎の胸に、鬼仙流のことが浮かんだ。

「そこまでは、分からない」

「遠藤という男が、おれたちを襲った五人のなかの頭格だったようだ」

雲十郎は、遠藤のこともゆいから聞いていたのだ。

「遠藤伝次郎《でんじろう》か！」

浅野が声を上げた。

馬場や室川たちの目が、浅野に集まった。

「遠藤を知っているのか」

雲十郎が訊いた。

「遠藤は、先手組の小頭で、原柴に与している。それに、喜久田は遠藤の配下だったはずだ。……八坂どのは先手組の物頭だぞ」

浅野の声が昂っている。原柴と先手組のかかわりが、みえてきたからであろう。

畠沢藩の場合、先手組の小頭は、物頭の指図で配下の組子と呼ばれる先手組の者たちを動かしている。

「遠藤どのも、若いころ鬼仙流の門人だったと聞いたことがあります」

室川が、脇から口をはさんだ。

「そうか。……遠藤が、稲川や喜久田などに直接指図していたのか」

浅野が顔をけわしくして言った。

てきたからである。

「やはり、黒幕は原柴だな」

雲十郎の声には、怒りのひびきがあった。原柴が、此度《こたび》の件の黒幕とはっきりとしてきたからである。

原柴が遠藤に話し、遠藤が配下の喜久田や柳沢などに直接指図していたとみていい。物頭の八坂は、原柴の依頼で動くことはあっても、喜久田や柳沢に直接指示することはないのだろう。

「それにしても、出てくるのは、すべて鬼仙流の者たちだな」

馬場が口をはさんだ。

「狙われたのは、一刀流の者が多い」

浅野が言った。

「やはり、鬼仙流と一刀流の対立か」

馬場が、顔をけわしくして言った。

「どうかな……」

雲十郎は、そう決め付けられないと思った。背景には、鬼仙流と一刀流の対立があるかもしれない。だが、剣の流派の対立で、年寄という重職にあった利根村を、待ち伏せて斬るような真似《まね》をするだろうか。しかも、利根村は一刀流の道場から離れて久しく、いまは道場とのかかわりも薄いはずである。

「いずれにしろ、遠藤や柳沢から、話を聞けば、事情は知れよう。……ただ、遠藤は口を割るまいな」

浅野によると、遠藤は意固地なところがあるので、縄を受ける前に自害するだろう、という。

「残るは、柳沢か」

雲十郎が言った。

「やはり、柳沢を捕らえるしかないが、しばらく藩士たちに知られたくない」

浅野によると、いまのところ、これといった罪状のない柳沢を勝手に捕縛して吟味するわけにはいかないし、稲川や滝沢は、柳沢が捕らえられたことを知れば、また姿を消すのではないかという。

「また、島内のように、ここに連れてくるか」

馬場が言った。

「そう頼みたいが」

「鬼塚、どうだ」

馬場が雲十郎に顔をむけて訊いた。

「おれは、かまわない」

「では、この家を借りよう」

「ひそかに、柳沢を襲うとなると、赤坂新町の町宿は襲えないな」

「藩邸から出たときに、狙うしかないぞ」

馬場が低い声で言った。

「帰り道だな」

おそらく、柳沢は溜池沿いの道を通るはずである。そのときに捕らえ、雲十郎たちの住むこの家に連れてくればいい。

「それでいつやる」

浅野が訊いた。

「早い方がいいな。明日か、明後日か。……そちらで、柳沢が藩邸に姿を見せたら、ここに知らせてくれ」

「承知した」

「柳沢を捕らえたら、間をおかずに稲川と滝沢を討ちたい。……浅野どの、目付筋の者に柳沢の町宿を見張らせてもらえまいか」

雲十郎が言った。

柳沢をひそかに捕らえたとしても、稲川たちは、柳沢が姿を消したことをすぐに知るだろう。稲川たちは、町宿から姿を消すかもしれない。そうなる前に、俊之助とはまに、稲川と滝沢を討たせたかった。

「むろんだ。赤坂新町の町宿だけでなく、遠藤と原柴にも目を配るつもりだ」

浅野が顔をけわしくして言った。

雲十郎は胸の内で、ゆいにも頼もう、と思った。稲川と滝沢だけでなく、仙石のことも気になっていたのである

5

雲十郎は、戸口に近付いてくる足音を聞いて身を起こした。雲十郎は山元町の町宿の縁側に面した座敷で、おみねが淹れてくれた茶を飲んでいたのである。

「鬼塚どの、おられますか」

戸口で、雲十郎を呼ぶ声が聞こえた。室川らしい。

雲十郎は、傍らにおいてあった刀を手にして立ち上がった。

土間に、室川が立っていた。よほど急いで来たとみえ、顔が紅潮し、汗が浮いてい

る。

「藩邸を出ました、柳沢が！」

室川が雲十郎の顔を見るなり言った。

「ひとりか」

「立山依之助《たつやまよりのすけ》と、いっしょです」

室川が、立山は、柳沢と同じ先手組だと言い添えた。

「すぐ、行く」

雲十郎は、土間に下りた。

戸口から出ると、雲十郎は室川とともに、赤坂御門の方に小走りにむかいながら、
と、訊いた。

「馬場は、どうした」

「馬場どのは、元沢どのたちと、溜池の近くに身をひそめているはずです」

今朝から藩邸に行っていたのだ。馬場は、

「そうか」

雲十郎は、馬場たちと合流して柳沢たちが来るのを待とうと思った。

雲十郎と室川は溜池沿いの道に出ると、愛宕下の方に足をむけた。そして、稲荷の
赤い鳥居の近くまで来たとき、鳥居をくぐって元沢が姿を見せた。

元沢は雲十郎たちに走り寄ると、

「馬場どのは、稲荷にいます」

と、知らせた。

雲十郎たちが稲荷の赤い鳥居をくぐると、馬場と与野の姿があった。ふたりは、祠《ほこら》につづく石段に腰を下ろしていた。そこで、欅の幹の間から溜池沿いの道に目をやっていたらしい。

「柳沢たちは、赤坂新町の借家にむかうのだな」

雲十郎が、馬場に念を押すように訊いた。

赤坂新町へ向かうとすれば、稲荷の先を左手におれるはずである。

「そのはずだ。……立山は、分からないぞ」

馬場が言った。

「浅野どのは」

「柳沢たちを尾けてくる手筈になっている」

馬場が、挟み撃ちにするつもりだ、と言い添えた。

「分かった」

柳沢が別の道を通れば、浅野たちがここに知らせにくるだろう、と雲十郎は思った。

　陽は西の家並の向こうに沈みかけていた。小半刻（三十分）ほどすれば、暮れ六ツ（午後六時）の鐘が鳴るだろう。

　雲十郎たちは、稲荷の杜の葉叢の間から、溜池沿いの道に目をやっていた。柳沢たちが姿をあらわすのを待っていたのである。

　暮れ六ツの鐘が鳴って間もなく、鳥居の近くにいた元沢が、

「来ます！」

　と、声を上げた。

　溜池沿いの道の先に、ちいさな人影が見えた。ふたり――。いずれも武士であることは知れたが、遠方のため柳沢たちかどうかははっきりしない。

　ふたりは、しだいに近付いてきた。

「柳沢だ。まちがいない」

　与野が言った。

　雲十郎のそばにいた馬場が、

「背の高いのが柳沢で、もうひとりが立山だ」

　と、言い添えた。馬場は、藩邸でふたりを見たらしい。

柳沢と立山は、何か話しながらこちらに歩いてくる。

「浅野さまたちも来ます」

室川が言った。

柳沢と立山の背後——。半町ほどであろうか。三人の武士の姿が見えた。浅野はすぐに分かったが、他のふたりはだれか知れなかった。三人は柳沢たちに気付かれないように、道沿いの店の陰や樹陰などに身を隠して尾けてくる。

「浅野どのと、いっしょにいるふたりは?」

雲十郎が訊いた。

「黒沢どのと、東田《ひがしだ》どのです」

室川によると、東田も浅野の配下の目付だという。

見ると、浅野たちの足が速くなったらしく、前を歩いている柳沢たちとの間がつまってきた。

「脇道に入る前に、押さえねばならんぞ」

馬場が言った。

赤坂新町へ行くには、左手の道をとることになる。柳沢たちが、その道に入る前に挟み撃ちにしないと厄介なことになる。

柳沢たちは、左手の道まで近付いてきた。

「行くぞ！」

雲十郎が馬場たちに声をかけ、鳥居から飛びだした。馬場、元沢、与野、室川の四人がつづく。

雲十郎たちは疾走した。柳沢たちから身を隠す場所がないので、左手の道に入る前に、行く手をふさがなければならない。

背後から来る浅野たちも、走りだした。雲十郎たちの動きに合わせたのである。

ふいに、柳沢と立山が立ちどまった。前から疾走してくる雲十郎たちに気付いたようだ。ふたりは、反転した。来た道を引き返そうとしたらしい。

だが、柳沢たちは、その場から動かなかった。背後から、駆け寄ってくる浅野たちを目にしたようだ。

柳沢たちは逡巡するように前後に体をむけたが、いきなり浅野たちにむかって走りだした。浅野たち三人を突破して逃げるつもりらしい。

浅野たち三人は、足をとめた。道のなかほどに立つと、次々に抜刀した。柳沢たちを迎え撃つようだ。浅野たちの手にした刀が、淡い夕闇のなかに銀蛇《ぎんだ》のようにひかっている。

雲十郎は走りざま抜刀し、刀身を峰に返した。峰打ちに仕留めるつもりだった。馬場や室川たちも抜いた。

五人の手にした刀が、青白くひかりながら柳沢たちに迫っていく。

柳沢と立山は、浅野たちに切っ先をむけていたが、腰が引けている。ふたりとも、それほどの腕ではないらしい。

雲十郎は柳沢の背後に立つと、

「刀を捨てろ!」

と、声をかけた。

馬場、室川、元沢たちが、次々に駆け寄り、柳沢と立山を取りかこむように立って刀をむけた。

馬場たちに取りかこまれた柳沢は、いきなり踵を返し、

「お、おのれ!」

叫びざま、斬り込んできた。

八相に振り上げながら、袈裟へ——。腰が引け、腕だけ前に伸びたような斬撃である。

すかさず、雲十郎は右手に体をひらきながら、刀身を横に払った。

ガキッ、という強い金属音がひびき、柳沢の手にした刀がたたき落とされた。柳沢が勢いあまって前に泳ぎ、足がとまったところへ、室川と元沢が踏み込んだ。

室川が柳沢に切っ先をむけ、

「動くな！」

と、声を上げた。

柳沢はその場につっ立ち、こわ張った顔で身を顫わせている。

室川と元沢は柳沢の腕を後ろにとって、すばやく縛り上げた。

一方、立山は浅野や馬場たちに取りかこまれて観念したらしく、自ら刀を捨てた。

雲十郎たちは、柳沢と立山を稲荷の境内に連れていき、暗くなるのを待ってから山元町の借家にむかった。柳沢たちを訊問するのである。

6

行灯の灯のなかに、四人の男が浮かび上がっていた。雲十郎、馬場、浅野、それに捕らえた立山である。柳沢は、隣の座敷にとじこめてあった。立山を先にしたのは、柳沢より隠し立てせず訊問に答えるとみたのである。

「な、なにゆえ、われらをこのような目に遭わせるのだ」

立山が、声を震わせて訊いた。

「身に覚えはないというのか」

浅野が立山を見すえて訊いた。

「な、ない」

「ならば、おぬしは、柳沢といっしょにどこへ行こうとしていたのだ」

「柳沢どのの町宿だ」

「赤坂新町にある借家だな」

「そうだ」

立山は、隠さずに話した。

「用件は？」

「そ、それは……。遠藤さまに口外してはならぬと言われている」

立山の声がつまった。顔に戸惑うような表情が浮いている。

「立山、おぬしは知らんのか。遠藤は、国許を出奔した稲川や滝沢を柳沢の住む町宿に匿《かくま》い、稲川たちとともに、われらを襲ったのだぞ」

浅野が語気を強くして言った。

「……！」

立山の顔がこわばった。

「立山、柳沢の町宿に行くのは、何のためだ。われらを襲い、国許から敵討ちのために出府している俊之助どのとはまどのを、斬り殺すためめか」

「ち、ちがう！」

立山が声を震わせて言った。

「では、何のためだ」

「それがしは、柳沢どののところに同居するため、家の様子を見に行くつもりだった」

「柳沢と同居するだと！」

浅野が聞き返した。

「それがしの住んでいる借家をあけるために……」

立山が小声で言った。

「どういうことだ？」

「空いたそれがしの家に、別の者が住むそうです。遠藤さまに言われて、やむなく
……」

「別の者とはだれだ」

すぐに、浅野が訊いた。

「名は聞いていませんが、藩にかかわりのある者で、ふたりだと聞きました」

立山が答えたとき、浅野の脇にいた雲十郎が、

「稲川と滝沢だ！」

と、声を大きくして言った。

「そういうことか。……赤坂新町の隠れ家は、われらにつかまれたと気付き、隠れ家を変えようとしたのだな」

浅野につづき、

「だが、それもいっときだ。立山が、赤坂新町の町宿に住むようになれば、立山が住んでいた家に稲川たちは身を隠したと、われらはみる。……おそらく、遠藤や稲川たちは、時間稼ぎのために隠れ家を変えるつもりなのだ」

と、雲十郎が言った。

「鬼塚の言うとおりだ」

そう言って、浅野が口をつぐんだとき、

「ところで、遠藤だがな。用人の原柴さまに与して動いているようだが、原柴さまと

はどんなかかわりがあるのだ」

雲十郎が声をあらためて訊いた。

「柳沢どのから耳にしたのだが……。遠藤さまは、原柴さまの推挙もあって、ちかく物頭になられるという噂もありますが……」

立山は語尾を濁した。はっきりしないのだろう。

「物頭だと！　どういうことだ」

浅野が驚いたような顔をして訊いた。

小頭から物頭になるとすれば、大変な出世である。

「それがしは、分かりません」

立山は、視線を膝先に落とした。

それから、雲十郎たちは、物頭の八坂と原柴のかかわりも訊いてみたが、立山は知らないようだった。

雲十郎たちは立山につづいて、柳沢を訊問することにした。

雲十郎たちの前に連れ出された柳沢は、蒼ざめた顔で体を顫わせていた。視線が怯えるように揺れている。

「立山が、包み隠さず話したのでな、多くは訊かぬが、おぬしにも話してもらわねばならぬことがある」

浅野はそう切り出し、

「稲川と滝沢は、どこにいる」

と、柳沢を見すえて訊いた。

「し、知らぬ」

柳沢は声を震わせて言った。

「赤坂新町にあるおぬしの町宿か」

浅野は、配下の目付に、赤坂新町の町宿に稲川たちはいないと聞いていたが、そう訊いたのである。

「ちがう、おれの住居ではない」

「では、どこだ」

浅野が畳み掛けるように訊いた。

「いまは、仙石どののところにいるはずだが……。はっきりしたことは、分からない」

柳沢が、すぐに答えた。立山が話したことを知って、隠す気は失せたのかもしれない。

「仙石の住居は？」

「神明町《しんめいちょう》と聞いたが、おれは行ったことがない」

神明町は、増上寺の東、東海道沿いの町である。

「借家か」

「小料理屋だと聞いたが……」

柳沢によると、小料理屋の女将《おかみ》が、仙石の情婦らしいという。ただ、小料理屋は狭いので、男三人の寝る部屋はなく、それで、稲川と滝沢は赤坂新町の借家を塒《ねぐら》にしたいのだという。

「小料理屋の名は？」

浅野が訊いた。

「知らぬ」

柳沢は首を横に振った。

「ところで、原柴さまだが、なぜ稲川たちの肩を持って、ここまでやるのだ」

雲十郎が訊いた。

八坂や遠藤を使って、自分は陰に隠れて表に出ないようにしているが、国許で年寄を斬殺した稲川たちを匿うだけでなく、稲川たちを追っている浅野たちや敵討ちのために出府した俊之助やはまの命まで狙うのだから、かなり危ない橋を渡っていると言ってもいい。それなりの見返りがなければ、やらないだろう。

「おれには、分からないが、原柴さまには、稲川どのたちに味方せねばならない理由《わけ》があるらしい」

「その理由は、分からないのか」

雲十郎が念を押すように訊いた。

「おれは、聞いていない」

柳沢がはっきり言った。

7

ゆいは、店仕舞いした酒屋の脇の暗がりにいた。そこは、神明町の増上寺の門前に近い路地である。

ゆいは暗がりに身を隠して、斜向かいにある小料理屋「小鶴《こづる》」の店先に目をやっていた。小鶴には、仙石、稲川、滝沢、それに遠藤が来ているはずだった。

ゆいは、ここ三日、遠藤を尾けまわしていた。稲川や仙石と接触するとみていたのである。

今日の昼過ぎ、遠藤は配下の先手組の者を三人連れ、藩邸の外まわりの巡視とみせて裏門から出た。そして、配下の三人から離れ、ひとりだけ脇道に入ったのである。

ゆいは、遠藤の跡を尾けた。

この日、ゆいは笈《おい》を背負い、笈摺《おいずり》に菅笠《すげがさ》、手甲脚半《てっこうきゃはん》に草鞋履きという巡礼の姿に身を変えていた。

ゆいは、遠藤から半町ほど間をとって跡を尾けた。

遠藤は愛宕下の通りを東にむかい、東海道に出た。そして、神明町に入ると、右手の路地に足をむけた。そこは、飲み屋、小料理屋、そば屋、一膳めし屋などが目に付く賑やかな横町だった。

遠藤が入ったのは、小料理屋の小鶴だった。

ゆいは、遠藤が小鶴に入ったのを目にすると、すぐに近くにあった人気のない寺院に走った。そして、本堂の陰に身を隠し、笈のなかに入れてあった着物や下駄などを出し、巡礼から町娘に身を変えた。巡礼姿は、小鶴のある横町では人目を引くのである。

ゆいは小鶴にとって返し、酒屋の脇の暗がりに身を隠して、小鶴を見張った。それから、半刻（一時間）ほどすると、稲川と滝沢が姿を見せ、小鶴に入ったのだ。

暮れ六ツ（午後六時）を過ぎたばかりである。小鶴のある路地は、淡い夕闇に染まっていた。路地は人通りが多かった。増上寺の参詣客、仕事帰りの職人、それに街道が近いせいか旅人らしい男などが行き交っている。

稲川たちが小鶴に入ってしばらく経つと、路地は夜陰につつまれた。行き交う人の姿もまばらになってきた。それでも、飲み屋や小料理屋などの灯が路地を照らして、嬌声《きょうせい》や酔客の哄笑《こうしょう》などがあちこちから聞こえてくる。

ゆいは、酒屋の脇の暗がりから路地に出た。小鶴に近付いて、店のなかの声を聞こうと思ったのだ。

小鶴と隣のそば屋との間に、狭い空き地があった。そこの闇は深く、ゆいの姿を隠してくれそうだ。

ゆいは、闇のなかに身を隠し、聞き耳を立てた。小鶴の客らしい男の濁声《だみごえ》や哄笑などが聞こえてきた。下卑《げび》た話ばかりである。

ゆいがその場に身をひそめて小半刻（三十分）ほどしたとき、店先の格子戸があいて、三人の武士が店先にあらわれた。

遠藤、稲川、仙石の三人である。

「すこし遅くなったな」

遠藤が、路地に目をやって言った。

「藩邸に着くまでに、酔いはさめる」

仙石が言った。

「仙石は、行かないのか」

「おれは、遠慮する。……国許までは遠いからな」

と、仙石。

「稲川と滝沢、それに、横倉《よこくら》か。……横倉には、今夜のうちに伝えておこう」

遠藤が言った。

「小僧と小娘を始末してから、江戸を発《た》ってもよかったがな」

稲川が白い歯を見せて笑った。

「おぬしらが、国許にもどったと知れば、小僧と小娘も国許へ帰るはずだ。……いつでも、始末できるではないか」

「そうだな」

「景山《かげやま》さまによろしくな」

遠藤はそう言い置くと、店先から離れていった。藩邸に帰るようだ。

ゆいは、景山のことを知っていた。景山孫右衛門《まごえもん》は畠沢藩の年寄で、国許で権勢のある重臣のひとりである。

稲川は遠藤の姿が遠ざかると、

「これで、江戸とも、おさらばか」

そう言い残して、仙石とともに店に入った。

ゆいは稲川や遠藤たちのやり取りを耳にし、稲川と滝沢が国許に帰るらしいことを知った。ふたりに、横倉という男が同行するようである。ゆいは、横倉が何者か知らなかった。それに、稲川たちがいつ江戸を発つのかもはっきりしなかった。

ゆいは、遠藤が路銀を稲川たちに渡すために、小鶴に来たのではないかとみた。そうであれば、稲川たちが江戸を発つのは、近日中であろう。ただ、遠藤が、今夜のうちに横倉に知らせておこう、と口にしたので、明朝ということはないはずである。

稲川たちが江戸を発つのは、明後日か明明後日《しあさって》か――。

ゆいは、すぐに動いた。まず、小弥太に知らせ、小鶴を見張るよう指示した。そして、ゆいは、雲十郎の許に走った。

江戸の町は、夜の帳《とばり》につつまれ、深い静寂《しじま》が支配していた。すでに、子《ね》ノ刻（午前零《れい》時）ちかいのではあるまいか——。

ゆいは、山元町の雲十郎と馬場の住む借家に着くと縁先にむかった。借家から洩れる灯の色はなく、夜陰のなかに沈んでいた。雲十郎と馬場は眠っているにちがいない。

ゆいは縁側に身を寄せ、

「雲十郎さま、雲十郎さま」

と、声をかけた。

いっとき、雲十郎の名を呼ぶと、障子のむこうで夜具を動かす音がし、ひとの立ち上がる気配がした。ゆいの声に、気付いたようである。

「ゆいか」

障子の向こうで雲十郎の声がした。

「はい」

ゆいが応えた。

すぐに障子があき、雲十郎が姿を見せた。

雲十郎は寝間着姿である。家の奥で、鼾が聞こえた。馬場は眠っているようだ。

「どうした、ゆい」

雲十郎の低い声には、鋭いひびきがあった。夜更《よふけ》に、ゆいが姿を見せたので、大事が起こったとみたらしい。

「稲川と滝沢は、江戸を出て国許にむかうようです」

ゆいが言った。

「なに、まことか」

「はい」

ゆいが、小鶴を見張ったこと、小鶴には稲川、滝沢、仙石の三人がいること、それに聴取した遠藤、稲川、仙石のやり取りなどを話した。

「遠藤が、景山さまによろしく、と言ったのか」

雲十郎が、念を押すように訊いた。むろん、雲十郎も景山のことは知っている。

「はい」

「うむ……。国許の景山さまも、かかわっているようだな」

「わたしも、そうみました」

ゆいが、声をひそめて言った。

「それで、稲川たちが江戸を発つのはいつだ」

雲十郎が訊いた。

「分かりません。ただ、明朝ではないようです。明後日か、明明後日か——。いま、小弥太が小鶴を見張っています。稲川たちが小鶴を出れば、すぐに知らせにまいります」

ゆいが、言った。

「分かった。明朝にも浅野どのに知らせ、稲川たちを討てるように手配しよう。何としても、稲川たちを国許に帰す前に討たねばならぬ」

雲十郎が、夜陰を睨むように見すえて言った。

第五章　敵《かたき》討ち

1

明け六ツ（午前六時）を過ぎて間もなく、雲十郎は縁先に走り寄る足音を聞いた。ゆいのようだ。

「馬場、知らせに来たらしいぞ」

雲十郎は、馬場に声をかけて立ち上がった。

雲十郎と馬場は、朝餉の後、山元町にある借家の座敷でおみねが淹れてくれた茶を飲んでいたのだ。

障子をあけると、縁先に近付いてくるゆいの姿が見えた。ゆいは菅笠をかぶり、三味線《しゃみせん》を手にしていた。鳥追《とりおい》の姿である。ただ、鳥追といわれるのは正月だけで、後は門付《かどづけ》と呼ばれている。おそらく、ゆいは鳥追に変装して小弥太とともに小鶴を見張っていたのだろう。

ゆいは、雲十郎たちの姿を見るなり、

「稲川たちが、小鶴を出ました」

と、知らせた。

「稲川と滝沢のふたりだけか」

「いえ、日本橋《にほんばし》で、横倉が稲川たちにくわわるはずです」

ゆいが言った。

浅野から聞いて分かったのだが、横倉峰之丞《みねのじよう》は先手組で遠藤の配下だった。畠沢藩の場合、先手組は江戸と国許との連絡役も兼ねていたが、横倉は健脚として知られ、国許への連絡役に使われることが多かった。此度も国許への使者という名目で、江戸を発つらしい。おそらく、原柴から年寄の景山へ何か知らせたいことがあって、横倉を稲川たちとともに国許にむかわせるのだろう。横倉は、稲川たちの監視役を兼ねているのかもしれない。

浅野によると、原柴は国許にいるとき、景山の配下だったことがあり、いまでも景山とのつながりは深いという。ただ、景山が利根村殺しにかかわっているかどうかは、分からないそうだ。

「俊之助とはまは？」

雲十郎が訊いた。

「小弥太が、浅野さまに知らせました。浅野さまは、俊之助どのたちといっしょに藩邸を出られたはずです」

「おれたちも、すぐここを出よう」

雲十郎につづいて、馬場が立ち上がった。

雲十郎と馬場は、すぐに借家を出られるように身支度を整えてあったので、二刀を帯びると、網代笠を手にしただけで家を後にした。

雲十郎たちは山元町から東海道に出ると、日本橋方面にむかった。すでに、稲川たちは、日本橋を過ぎているかもしれない。

京橋まで行くと、目付の黒沢が橋のたもとで雲十郎たちを待っていた。

雲十郎と馬場は、黒沢の前で足をとめたが、ゆいはそのまま橋を渡った。鳥追姿のゆいが、雲十郎たちといっしょにいると人目を引くし、ゆいは梟組なので、黒沢に顔を知られたくない気持ちもあるのだろう。

「浅野どのは」

雲十郎が訊いた。

「先に行かれました」

黒沢によると、浅野、室川、与野の三人が、俊之助とはまに同行し、稲川たちの後を追っているという。

「奥州《おうしゅう》街道だな」

稲川たちは、奥州街道を北にむかったはずである。畠沢藩の領地は、奥州街道の白《しら》河宿《かわしゅく》を経て、福島の先にある。

「はい」

「おれたちも、急ごう」

雲十郎は歩きだした。できれば、江戸を出る前に稲川たちに追いつきたかった。

雲十郎たちは京橋につづいて日本橋も渡り、日本橋本町《ほんちょう》に入って間もなく右手にまがった。その大きな通りが、奥州街道である。

雲十郎たちは奥州街道を両国《りょうごく》方面にむかい、賑やかな両国広小路を横切り、浅草《あさくさ》御門を渡った。渡った先が浅草で、前方右手の家並の先に浅草御蔵の土蔵の甍が、折り重なるようにつづいている。

浅草御蔵の前を通り過ぎたとき、

「鬼塚どの、浅野さまたちです」

黒沢が声を上げた。

前方に、浅野たちの後ろ姿が見えた。はまらしい女の姿もある。

「追いつくぞ」

さらに、雲十郎たちは足を速めた。

雲十郎たちが近付くと、浅野が気付いて足をとめた。室川や俊之助たちも足をとめて振り返った。

「稲川たちは、先だな」

すぐに、雲十郎が浅野に訊いた。

「横倉は、おれたちより小半刻（三十分）ほど先に発った。……どこかで、稲川たちといっしょになったはずだ」

「小半刻なら、それほど先ではないな」

急げば、追いつくはずだ、と雲十郎は思った。

「急ごう」

浅野が先にたった。

雲十郎は歩きながら、はまと俊之助に目をやり、

「いよいよ、稲川と滝沢を討つときが来たな」

と、小声で言った。

はまは、脇差を手にしていなかった。女のはまが、脇差を帯びて歩くわけにはいかない。俊之助が腰に帯びている脇差を遣うのであろう。

「はい」

はまが、雲十郎に目をむけた。

はまの顔はこわばり、目がつり上がっていた。気の昂りにくわえ悲壮感がある。俊之助の顔にも、はまと同じような表情があった。ただ、ふたりとも恐怖や怯えの色はなかった。雲十郎たちの指南で、稲川たちを討つため稽古をつづけてきたせいかもしれない。

雲十郎たちは浅草寺《せんそうじ》の門前まで来ると、右手に足をむけた。奥州街道は浅草寺の脇を通り、北にむかってつづいている。

奥州街道は日本橋から宇都宮宿《うつのみやしゆく》まで日光《にっこう》街道と重なっており、宇都宮宿までは日光街道と呼ばれることが多い。

浅草寺から離れると、参詣客や遊山客の姿が見られなくなり、街道を行き来する人の姿もまばらになった。目にとまるのは、土地の住人、旅人、駄馬を引く馬子、駕籠《かご》かきなどである。

「まだ、稲川たちの姿が見えないな」

浅野が足早に歩きながら言った。

雲十郎は、二町ほど先を行くゆいの姿を目にしながら歩いていた。ゆいが稲川たちの姿を目にとめれば、雲十郎たちに知らせるはずである。

2

街道は浅草山谷町《さんやまち》に入ると、しだいに寂しくなってきた。街道沿いの民家はまばらになり、田畑のひろがるなかに、百姓家や雑木の疎林などが点在している。

雲十郎たちは小塚原《こづかつぱら》の仕置場を左手に見ながら、さらに街道を北にむかった。ゆいの姿は見えなかった。先に行ったらしい。

「そろそろ、千住宿《せんじゆしゆく》だぞ」

浅野が、雲十郎たちに目をむけながら言った。

前方の街道沿いに、ぽつぽつ民家が見えてきた。その辺りは、千住街道沿いにつづく中村町《なかむらちよう》である。ただ、宿場らしい賑わいはなかった。旅籠《はたご》や店屋が軒を並べ、宿場らしくなるのは、中村町を過ぎて小塚原町《こつかつぱらまち》に入ってからである。

千住宿の小塚原町に入ってすぐ、雲十郎は茶店の脇に立っているゆいの姿を目にした。雲十郎を待っていたようだ。

雲十郎は浅野に身を寄せ、

「ゆいどのだ。……何か知らせることがあるらしい」

と、小声で言った。

浅野がうなずいた。浅野も、ゆいが此度の件にかかわっていることは、雲十郎から聞いて知っていたのだ。

雲十郎は、草鞋の紐《ひも》を直すふりをして足をとめた。浅野や馬場たちは、雲十郎を残して宿場のなかを歩いていく。

浅野たちが離れたところで、ゆいが雲十郎に近付き、

「稲川たちは、さきほどここを通り過ぎました」

と、小声で言った。

「三人だな」

雲十郎が念を押した。

「はい、稲川、滝沢、横倉の三人です」

「小弥太は」

「稲川たちの跡を尾けています」

「おれたちも、稲川たちに追いつこう」

そう言い置き、雲十郎は小走りになって、前をいく浅野たちを追った。

ゆいは踵を返して、茶店の脇の小径へ走り込んだ。脇道をたどって、雲十郎たちの

前に出るつもりらしい。

雲十郎は浅野たちに追いつくと、

「稲川たちは、ここを通り過ぎて間がないようだ。追えば、すぐに追いつける」

と、浅野の脇にいた馬場にも聞こえる声で言った。

「そうか。……仕掛けるのは、千住宿を過ぎてからだな」

浅野は、宿場内では騒ぎが大きくなるとみたようだ。

千住宿の次は、草加宿《そうかしゆく》である。千住宿から草加宿まで、およそ二里と八町。途中、人影のない寂しい地もあるはずである。

「ともかく、急ごう」

雲十郎たちは、小走りになった。

千住大橋を渡って間もなく、馬場が、

「あれだ！」

と、前方を指差して言った。

一町ほど先、荷をつけた駄馬の前に、旅装束の三人の武士の姿が見えた。稲川、滝沢、横倉の三人らしい。

稲川たち三人の半町ほど後ろに、菅笠をかぶり、振り分け荷物を肩にかけた旅人が歩いていた。小弥太のようだ。

「稲川と滝沢だ！」

ふいに、俊之助が声を上げ、走りだそうとした。

「待て！　俊之助、宿場を出てからだ」

雲十郎が俊之助をとめた。

「は、はい」

俊之助は唇を噛み締め、逸《はや》る気持ちを抑えている。

「もう、すこし間をとろう」

そう言って、浅野が歩調をゆるめた。稲川たちが、振り返ったとき気付かれる恐れがあったのだ。

雲十郎たちは、前を行く稲川たちから二町ほど間をとり、八人がばらばらになって歩いた。浅野と雲十郎が前を歩き、稲川たち三人に目をむけている。

千住宿を出ると、街道沿いの民家はまばらになり、急に街道の人影がすくなくなった。さらに、歩くと、街道沿いの家はほとんど見られなくなり、田畑や雑木林などがひろがっていた。

街道沿いに松並木と雑木の疎林がつづくところまで来たとき、前を行く小弥太が、ふいに右手におれた。街道に沿って小径がある。

雲十郎は小径をたどれば、稲川たちの前に出られるとみて、

「ここで、仕掛けよう。おれと馬場が、稲川たちの前に出る」

と、浅野に言った。後ろから追っても、女のはまがいるので、稲川たちに逃げられる恐れがあったのだ。

「承知した」

「いくぞ！」

雲十郎は、馬場とともに街道から右手の小径に走り込んだ。

小径は、松並木と雑木林に沿うようにつづいていた。右手にひろがる田畑の畔道《あぜみち》らしい。小径の先に、小弥太の姿がちいさく見えた。疾走していく。速い。さすが、梟組である。

雲十郎たちも走った。前を行く小弥太が、三町ほども離れただろうか。ふいに、小弥太が左手に寄り、その姿が見えなくなった。その辺りは松並木が途絶え、わずかな雑木林が街道沿いにつづいているだけである。

「急げ！　馬場」

雲十郎が声をかけた。

「おお！」

ふたりは走った。息が上がっていたが、足をとめなかった。

「こ、この辺りだ……」

雲十郎が、荒い息を吐きながら言った。

「そ、そこだ」

馬場が左手を指差した。

雑木林のなかに、左手におれる小径があった。街道へつづいている。

雲十郎と馬場は、小径をたどって街道に出た。

「稲川たちだ！」

街道の左手に目をやると、稲川たち三人の姿がちいさく見えた。雲十郎たちは、稲川たちの前に出たのである。

「鬼塚、身を隠せ。稲川たちに気付かれるぞ」

馬場が言った。

「分かった」

雲十郎と馬場は、急いで街道沿いの雑木林のなかに身を隠した。辺りに小弥太の姿はなかったが、付近の雑木林のなかに身を隠しているにちがいない。

しだいに、稲川たちが近付いてきた。三十間ほど前に、町人らしい二人連れの旅人が歩いている。

稲川たちの一町ほど後方に、浅野たちの姿が見えた。稲川たちとの間をつめているらしく、小走りになっていた。

雲十郎と馬場は、稲川たち三人が三十間ほどに迫ったとき、雑木林のなかから街道に飛びだした。

稲川、滝沢、横倉の三人が、足をとめた。ギョッとしたような顔をしている。いきなり、雑木林からふたりが飛び出してきたので、驚いたらしい。

「鬼塚と馬場だ！」

稲川が声を上げた。

雲十郎と馬場は、浅野たち六人が稲川たちの背後に走り寄るのを目にしてから、稲川たちに近付いていった。

そのとき、稲川たちが背後を振り返った。浅野たちの足音が聞こえたらしい。

「挟み撃ちだ！」

滝沢が叫んだ。

「馬場、いくぞ」

雲十郎が声をかけた。

「おお！」

雲十郎と馬場は、小走りに稲川たちに迫った。

稲川たちは前後に目をやり、逡巡するような顔をしたが、その場から動かなかった。

3

雲十郎と馬場は、稲川たちの前に立ちふさがると、

「稲川、滝沢、観念しろ！」

雲十郎が、語気を強くして言った。

背後から走り寄った浅野たち六人は、稲川たちを取りかこむようにまわり込んだ。

「多勢で、挟み撃ちか」

稲川が憎悪に顔をしかめて言った。

「おれたちは、敵討ちの助太刀だ」

雲十郎がそう言うと、はまが脇差を手にして雲十郎の脇に走り寄った。すでに、襷

で両袖を絞り、小袖の裾《すそ》を帯に挟んでいた。稲川たちの後を追いながら、闘いの支度をしたらしい。ただ、鉢巻きまではできなかったようだ。

「稲川仙九郎、父の敵！」

はまは脇差を抜き放つと、切っ先を稲川にむけた。はまは、叔父の谷崎のことは口にしなかった。谷崎を斬ったのは、だれかはっきりしなかったからである。

顔が蒼ざめ、つり上がった目が鋭くひかっている。痩せて頰の肉が落ちたせいもあって、色白の顔に夜叉《やしゃ》を思わせる凄絶さがあった。


一方、俊之助は、滝沢の前にまわり込み、大刀を抜いて切っ先をむけた。俊之助は襷をかけ、袴の股立をとっていた。俊之助の顔も蒼ざめ、目がつり上がっている。

「滝沢裕助、覚悟！」

俊之助が叫んだ。

「馬場新三郎、利根村俊之助に助太刀いたす！」

声を上げざま、馬場も抜刀した。

馬場は、俊之助の脇についた。助太刀というより、馬場が滝沢と勝負することになるだろう。

「卑怯！　大勢で取りかこんで討つ気か」

滝沢が怒声を上げた。

浅野、室川、黒沢、与野の四人はすこし間をとり、稲川と滝沢、それに街道端に身を寄せている横倉を取りかこむように立っていた。稲川たち三人が逃げるのを防ぐとともに、闘いの様子をみて助太刀にくわわるつもりらしい。

「返り討ちにしてくれるわ！」

叫びざま、稲川が抜刀した。

青眼に構えた後、すぐに刀身を上げて八相にとった。腰の据わった隙のない構えである。

すばやく、雲十郎は左手で刀の鯉口を切り、右手を柄に添えた。そして、居合腰に沈めて抜刀体勢をとった。

……横霞を遣う。

雲十郎は居合の一撃で、稲川の戦力を奪うつもりだった。

横霞は、敵の胸の辺りを狙い、居合の抜き付けの一刀を横一文字に払う技である。

その一刀で、稲川の八相に構えた左腕を斬るつもりだった。腕を深く斬れば、自在に刀がふるえなくなるだろう。

雲十郎と稲川の間合は、およそ三間半――。まだ、居合の抜刀の間合の外である。はまは、稲川の左手にまわり込んでいた。脇差の切っ先を下げ、稲川の腹の高さにとっている。脇腹を突くつもりらしい。山元町の稽古場で、雲十郎の懐に入れた厚板を狙い、脇差で突いたときの構えである。

稲川は、はまに目をやったが、警戒する様子はなかった。雲十郎を仕留めれば、はまなどどうにでもなるとみているにちがいない。

「いくぞ！」

稲川が先に動いた。

八相に構えたまま、足裏を摺るようにして間合を狭め始めた。

……手練だ！

雲十郎は察知した。

稲川の八相の構えは、隙がないだけでなく全身に気勢が満ち、巨岩が迫ってくるような威圧感があった。

雲十郎は動かなかった。気を静めて、間合と稲川の気の動きを読んでいる。居合は抜刀の迅さにくわえ、敵との間合を読むことが大事である。敵の斬撃より迅く抜きつけ、切っ先で狙ったところをとらえねばならない。

ジリジリと、稲川が間合を狭めてきた。居合の抜刀の間合まで、あと半間ほどである。

そのとき、はまが動いた。稲川の動きにつられたように、間合をつめ始めたのだ。

「はま、そこまでだ！」

雲十郎が声をかけた。

はまがそれ以上、稲川に近付くのは危険だった。稲川が左手に体をむけて斬り込めば、はまの命はない。

ビクッ、と体を顫わせ、はまが足をとめた。

だが、稲川ははまに目もくれず、雲十郎との間合を狭めてきた。

……あと、一尺！

雲十郎の全身に抜刀の気が漲った。

そのとき、ふいに稲川の全身に斬撃の気がはしった。

イヤアッ！

裂帛の気合と同時に、稲川の体が躍動した。

八相から袈裟へ――。

……遠い！

と察知した雲十郎は、抜かずに一歩身を引いた。

次の瞬間、稲川の切っ先が雲十郎の肩先をかすめて空を切った。一寸の差で、雲十郎は稲川の斬撃を見切ったのである。

間髪《かんはつ》をいれず、雲十郎が抜き付けた。

シャッ、という刀身の鞘走る音とともに、閃光が横一文字にはしった。

迅い！

おそらく、稲川の目には、横にはしった閃光が一瞬目に映じただけであろう。あまりの迅さに、刀身の動きも見えないことから、この抜き付けの一刀が横霞と呼ばれていたのである。

ザクッ、と稲川の右袖が横に裂けた。袈裟に斬り下ろした稲川の右腕を、横霞の切っ先がとらえたのだ。

そのとき、はまが踏み込み、

「父の敵！」

と叫びざま、脇差を突き出した。雲十郎と稽古したときと同じように、体ごと突き当たるような突きである。

その切っ先が、稲川の脇腹を突き刺した。

稲川が顔をしかめ、体を左手にひねりながら、

「小娘が！」

吼《ほ》えるような声で叫び、刀身を横に払った。

はまの小袖の右の肩先が裂けた。はまは、脇差を手にしたまま後ろによろめいた。右肩があらわになり、血の色が浮いている。

はまは、顔をひき攣ったようにゆがめ、両手で脇差を握ったまま立ち竦んだ。

これを見た雲十郎は、刀を脇構えにとり、
イヤアッ！

と、裂帛の気合を発して踏み込んだ。

脇構えから逆袈裟へ——。居合の抜刀の呼吸で、斬り込んだのである。

その切っ先が、体を左手にむけていた稲川の右腕をとらえた。

ダラリ、と稲川の腕が垂れ下がった。雲十郎の一撃が、二の腕を骨ごと截断したのである。

稲川の袖が裂け、あらわになった右腕の截断口から、血が筧《かけい》の水のように流れ落ちた。

「いまだ！　はま」

雲十郎が叫んだ。

その声で、はまが踏み込み、稲川の胸に脇差を突き込んだ。

はまの突きが、稲川の胸をとらえた。

グワッ！　と、稲川は呻き声を上げ、身をのけ反らせたが、その場から動かなかった。はまと稲川は体を寄せ合ったまま動きをとめた。

「お、おのれ……！」

稲川は左手ではまの肩先をつかみ、後ろへ突き倒そうとした。

その拍子に、稲川は後ろによろめき、脇差が抜けて胸から血が奔騰《ほんとう》した。脇差の切っ先が、心ノ臓をとらえたようだ。

稲川は血を撒きながらつっ立っていたが、体が大きく揺れ、腰からくずれるように転倒した。

はまは血濡れた脇差を握りしめたまま、その場につっ立っていた。何かに憑かれたように目をつり上げ、体を激しく顫わせている。

「はま、見事だ！　父の敵を討ったな」

雲十郎が声をかけると、

「は、はい……」

はまが声をつまらせて言い、雲十郎を見上げて、目を細めた。その目から涙が溢《あふ》れ出、頰をつたった。

4

一方、滝沢は、まだ闘っていた。対峙しているのは、馬場だった。俊之助は、滝沢の右手に立ち、青眼に構えている。

馬場と滝沢との間合は、およそ三間——。

馬場は八相に構え、滝沢は青眼だった。すでに、滝沢と馬場たちは何度か斬り結んだとみえ、着物が裂け、血に染まっていた。

馬場は左袖が裂けていたが、血の色はなかった。俊之助は着物の肩先が裂け、かすかに出血していた。ただ、かすり傷らしい。

一方、滝沢は肩から胸にかけて、袈裟に斬られていた。着物が血で蘇芳《すおう》色に染まっている。おそらく、馬場の斬撃を浴びたのだろう。

雲十郎は、馬場たちに助太刀しようとして近付いたが、すぐに足をとめた。滝沢の

手にした刀の切っ先が、小刻みに震えているのを見て、

……馬場が遅れをとることはない。

と、みたからである。

雲十郎は、横倉に目を転じた。

横倉は、浅野、室川、与野、黒沢の四人に取りかこまれていた。頰に血の色があり、小袖の肩先や袖が裂けていた。深手を負った様子はないが、傷だらけである。横倉は刀を手にしていたが、刀身がワナワナと震えていた。すでに、戦意を失っているようだ。

そのとき、浅野が、

「横倉、刀を下ろせ！」

と、鋭い声で言った。

横倉は刀を下ろした。観念したようである。

すぐに、室川、与野、黒沢の三人が、横倉を取り押さえつけた。


タアッ！

ふいに、馬場の裂帛の気合がひびいた。踏み込みざま、斬り込んだのである。

八相から袈裟へ――。

刃唸りをたてて、切っ先が滝沢を襲う。

咄嗟に、滝沢は刀身を振り上げて、馬場の斬撃を受けた。

ガチッ、と刃の嚙み合う音がひびいた。その瞬間、滝沢の腰がくずれてよろめいた。馬場の一撃は、膂力《りよりよく》のこもった剛剣だった。そのため、斬撃を受けた拍子に滝沢の腰がくだけたのである。

これを見た俊之助が、右手から踏み込み、突きをはなった。

切っ先が、滝沢の脇腹をえぐった。

グッ、と、滝沢は喉のつまったような呻き声を上げ、体を俊之助の方へひねって、刀を横に払った。

滝沢の切っ先が、俊之助の脇腹をとらえた。

ザクッ、と着物が横に裂け、あらわになった俊之助の脇腹に血の線が浮いた。

俊之助は、ひき攣ったように顔をゆがめて後じさった。だが、出血はわずかだった。浅手である。

咄嗟に、馬場が踏み込み、ふたたび八相から袈裟に斬り下ろした。すばやい反応である。

甲高い金属音がひびき、滝沢の手にした刀が足元に落ちた。馬場が剛剣で、滝沢の刀をたたき落としたのだ。

「いまだ！　俊之助」

馬場が叫んだ。

その大声で、俊之助は我に返り、ヤアアッ！　と、気合とも絶叫ともつかぬ声を上げ、切っ先を滝沢の脇腹にむけて踏み込んできた。

「突き！」

叫びざま、俊之助は突きをみまった。

体当たりするように激しい突きである。切っ先が、深々と滝沢の脇腹に刺さった。

グググッ！

滝沢は蟇《ひき》の鳴くような呻き声を上げ、脇腹を押さえて後ろによろめいた。

「俊之助、いま一太刀！」

馬場が声をかけると、
ヤアッ！

と、俊之助は気合を発し、滝沢の左手から踏み込み、刀を振り上げて真っ向に斬り下ろした。

その切っ先が、滝沢の頭頂をとらえた。にぶい骨音がし、頭が柘榴《ざくろ》のように割れて血と脳漿《のうしょう》が飛び散った。

滝沢は血を撒きながら、ドウと倒れた。

俯《うつぶ》せになった滝沢は、四肢《しし》を痙攣《けいれん》させているだけで、身を起こそうともしなかった。頭部から流れ出た血が、地面に赤くひろがっていく。

「俊之助、敵を討ったな！」

馬場が大声で言った。馬場の顔も紅潮し、大きな目が燃えるようにひかっている。

「は、はい！」

俊之助が、声を上げた。

その顔が、返り血を浴びて真っ赤に染まっている。

敵討ちは終わった。凄絶な闘いだった。

はまと俊之助は、雲十郎と馬場の助太刀はあったが、見事稲川と滝沢を討ちとった。

「よくやった」

雲十郎が、はまと俊之助に目をやって言った。

「は、はい……。これも、鬼塚さまと馬場さまのお蔭です」

はまが、涙ぐんで言った。

俊之助は血に染まった顔で、身を顫わせていたが、その目には大願を成就したかがやきがあった。

「ふたりの一念が、天に通じたのだ」

そう言って、馬場が表情をやわらげた。

浅野たちは、横倉を取り押さえていた。横倉を吟味すれば、原柴や国許の景山とのかかわりがあきらかになるかもしれない。

「鬼塚、馬場、また、山元町の家を貸してもらえるか」

浅野が訊いた。横倉を藩邸に連れていけないので、雲十郎たちの住む借家で吟味するつもりらしい。

「かまわん」

雲十郎が言うと、馬場もうなずいた。

「ふたりの死体は、どうしますか」

室川が浅野のそばに来て訊いた。

「このままでは、旅人の邪魔だな。……ひとまず、雑木林のなかに、死体を引き込んでおこう」

浅野が、藩邸に帰ってから目付筋の者たちに命じ、死体を引取りにこさせることを言い添えた。

浅野の指図にしたがい、その場にいた八人の手で、横たわっている稲川と滝沢の死体を街道脇の雑木林のなかに運んだ。

雲十郎は死体を運びながら街道筋や雑木林のなかに目をやり、ゆいと小弥太を探したが、それらしい姿はどこにもなかった。

おそらく、ゆいと小弥太は、近くの雑木林のなかに身を隠していたのだろう。雲十郎たちが危ういとみれば、何か飛び道具を遣って助けてくれたにちがいない。ただ、雲十郎たちは八人で、稲川たちは三人だった。ゆいと小弥太の助けはなくとも、稲川たちを討つことができた。ゆいたちは、雲十郎たちが稲川と滝沢を討ち取ったのを見て、姿を消したのだろう。

「引き上げよう」

浅野が、雲十郎たちに声をかけた。

5

雲十郎たちが、稲川と滝沢を討った翌日——。

山元町の借家の座敷に、五人の男が集まっていた。雲十郎、馬場、浅野、室川、それに捕らえた横倉である。黒沢と与野の姿はなかった。ふたりは他の目付たちとともに、二挺の駕籠を同行し、稲川と滝沢の死体を引取りに行っているという。

横倉は蒼ざめた顔で、体を顫わせていた。小袖の肩先や袖は裂け、頬には黒ずんだ血がこびりついている。昨日、街道筋で闘ったままの恰好である。

「お、おれを、どうするつもりだ」

横倉が声を震わせて訊いた。

「どうするかは、おまえしだいだ」

浅野が横倉を見すえて言った。

「……!」

「横倉、だれの指図で国許にむかったのだ」

浅野が訊いた。

横倉は逡巡するような顔をしたが、

「は、原柴さまだ……」

と、小声で言った。原柴の命で国許にむかったことは、隠す必要はないと思ったのかもしれない。

「稲川と滝沢が、国許で利根村さまを襲って斬り殺し、江戸に潜伏していたことは知っているな」

「……」

横倉は何も答えなかった。

「そのふたりといっしょに、国許にむかったのは、何のためだ」

浅野が語気を強くして訊いた。

「そ、それは……」

横倉の顔に困惑の表情が浮いた。

「おまえも、稲川たちの一味で、ふたりを江戸から逃がすためか」

「ち、ちがう」

「では、何のためだ」

「……原柴さまのお指図だ」

「どのような指図だ。国許まで、道案内をしろと命じられたわけではあるまい」

「ふ、ふたりが国許に入った後、しばらく身を隠していられるよう、手配するように言われていた……」

横倉によると、原柴家の菩提寺《ぼだいじ》が擂鉢山《すりばちやま》の麓《ふもと》にあり、そこの住職に話せば、しばらく庫裏にふたりを住まわせてくれることになっていたという。

擂鉢山は畠沢藩の領内にあった。山の形が擂鉢を伏せたような恰好だったことから、そう呼ばれるようになったのである。

横倉は隠さずに話した。自分は原柴の命にしたがっただけなので、重い咎《とが》めを受けることはないとみたのかもしれない。

浅野の訊問がとぎれたとき、

「稲川と滝沢が出府したのは、江戸に潜伏して身を隠すためか」

と、雲十郎が訊いた。それだけでなく、稲川たちには、別の狙いがあったような気がしていたのである。

「ほとぼりが冷《さ》めるまで江戸にいて、何かあれば、原柴さまのお指図で動くことになっていたようだ」

「原柴さまは、稲川たちに、何をやらせるつもりだったのだ」

雲十郎が、横倉を見すえて訊いた。

「くわしいことは知らないが、家中の者には命じられないことらしい」

「家中の者に命じられないことだと」

「稲川どのたちの腕が必要だ、と聞いたことがある」

「刺客《しかく》ではないのか！」

雲十郎が声を大きくして言った。

「……」

横倉は、口をつぐんだまま視線を膝先に落とした。

「まちがいないようだ。原柴は、稲川と滝沢を刺客として遣うつもりだったのだ」

ふたりとも腕がたち、原柴の意のままに動く。しかも、江戸に潜伏し、藩士たちには居所すら分からない。これ以上、都合のいい刺客はいないではないか。

雲十郎と横倉のやり取りを聞いていた浅野が、

「それで、原柴は、稲川たちにだれを狙わせるつもりだったのだ」

と、身を乗り出すようにして訊いた。

浅野は、原柴を呼び捨てにした。此度の件の首謀者が、原柴だとはっきりしたからであろう。

「……し、知らない」

横倉は困惑したように顔をゆがめて首を横に振った。

「いずれにしろ、江戸にいる重職だな」

浅野が訊いた。

「そうかもしれない」

「ご家老の小松さまか、年寄の牧田《まきた》さまであろう」

浅野が低い声で言った。

雲十郎も、小松か牧田のどちらかではないかと思った。江戸詰の家臣で、原柴より上役は、江戸家老の小松東右衛門と年寄の牧田与兵衛《よへえ》だけである。牧田は江戸詰になったばかりなので、小松かもしれない。

「それで、稲川たちを国許に帰す気になったのは、どういうわけだ」

浅野が声をあらためて訊いた。

「そこもとたちの追及が厳しく、稲川どののたちだけでなく、原柴さまや遠藤どのの身もあやうくなってきたからだ」

「先手組の物頭の八坂さまも鬼仙流一門だが、原柴に与していたのではないのか」

浅野につづいて、雲十郎が訊いた。

「八坂さまは原柴さまと昵懇《じっこん》で、いろいろ便宜をはかっていたようだ」

横倉によると、八坂は、原柴の指示で稲川や他の先手組の者が動くのを黙認していたし、自分で指示することもあったという。

「……それだけかかわりがあれば、原柴の仲間とみていい」

浅野が言った。

「ところで、仙石は何者だ」

雲十郎が訊いた。仙石は藩士ではなかった。牢人のようだが、畠沢藩と何かかかわりがありそうである。

「仙石どのは国許の郷士で、五、六年前に出府したと聞いている」

「郷士がなぜ、原柴や遠藤たちにしたがっているのだ」

「仙石どのは、国許にいるとき、鬼仙流の遣い手だったらしい」

「そういうことか」

仙石は、鬼仙流一門として原柴や稲川たちとつながっていたようだ。

雲十郎につづいて、浅野が、

「国許で、稲川と滝沢に、利根村さまを斬殺するよう命じたのはだれだ」

と、横倉を見すえて訊いた。

雲十郎、馬場、室川の三人の目が、横倉に集まった。浅野や雲十郎たちが、もっとも知りたかったことである。

「……し、知らない」

横倉が、浅野の視線をそらすように膝先に目をやった。

「原柴ではないのか」

さらに、浅野が訊いた。

「原柴さまが、国許にいた稲川たちに命じたとは思えない」

横倉が小声で言った。

「ならば、景山さまか」

原柴でなければ、景山しかいない。

「そうかもしれない」

横倉が小声で言った。

「景山さまか……」

浅野の声には、力がなかった。はっきりしないからだろう。

それから、浅野や雲十郎たちは、原柴と景山のつながりと、原柴が稲川たちに命じて江戸詰の重職の命を狙おうとしたのはなぜか訊いたが、横倉は答えられなかった。

確かなことは、横倉も知らないらしい。

浅野や雲十郎たちの訊問が済むと、

「おれを、どうする気だ」

横倉が、浅野に訊いた。

「しばらく、ここに匿ってもらうのだな」

浅野が言った。

「匿ってもらうだと。……どういうことだ」

「おぬし、命が惜しくないのか」

「……」

横倉が、戸惑うような顔をした。

「いま、藩邸に帰ったらどうなる。……おれたちに捕らえられて詮議されたことが知れ、仙石や遠藤たちに命を狙われるぞ」

「……！」

横倉の顔が、ひき攣ったようにゆがんだ。

6

頭上で、月が皓々《こうこう》とかがやいていた。五ツ（午後八時）ごろであろうか。雲十郎、馬場、浅野、黒沢の四人は、大名小路に近い大身の旗本屋敷の築地塀に張り付くように身を寄せていた。そこは、塀が月明りを遮って闇が深く、身を隠すことができたからである。

「そろそろ来てもいいころだな」

浅野が、通りの先に目をやって言った。

雲十郎たち四人は、室川がもどるのを待っていた。室川が、遠藤の動きを知らせに来ることになっていたのだ。

雲十郎たちが、横倉を詮議した二日後だった。浅野たちは、遠藤が屋敷を出たら取り押さえるつもりで、遠藤の動きに目を配っていた。そして、今日の夕暮れ時、遠藤が藩士たちの目を逃れるように、藩邸を出たのだ。

浅野の配下の室川と黒沢が、遠藤の跡を尾けた。そして、遠藤が神明町の小鶴に入ったことをつかむと、黒沢が藩邸にもどり、浅野や雲十郎に知らせたのである。室川は、そのまま小鶴の店先を見張っているはずだ。

「別の道を通ることはないな」

馬場が念を押すように訊いた。

「ないはずだ。藩邸にもどるには、この道が一番近い。それに、遠藤は神明町界隈に出かけるときは、いつもこの道を使っている」

浅野が言った。

それからいっときすると、通りの先で足音がした。

「室川どのです」

黒沢が通りの先を指差して言った。

月光のなかに、人影が浮かび上がった。室川である。室川は足音を立てないように小走りにやってくる。

室川が近付いたところで、雲十郎たちは築地塀の陰から通りに出た。

「遠藤は?」

すぐに、浅野が訊いた。

「き、来ます、この道を」

室川が荒い息を吐きながら言った。急いで来たため、息が上がったらしい。

「ひとりか」

「ひとりです」

室川によると、小鶴の店先まで行ったとき、仙石らしい声がなかから聞こえたが、店の外に姿を見せなかったという。

「よし、手筈通りだ」

浅野が雲十郎たちに目をやって言った。

すぐに、雲十郎と馬場は通りの先に走った。ふたりは、一町ほど先にある大名の中屋敷の築地塀の陰に隠れて、遠藤が近付くのを待つことになっていた。一方、浅野たちはその場にとどまり、遠藤が通り過ぎた後、背後から近付く。前後から挟み撃ちにするのである。

雲十郎と馬場は、築地塀の陰に身を隠し、通りの先に目をやった。

「来たぞ」

馬場が声をひそめて言った。

通りの先に、遠藤らしい武士の姿が見えた。青磁色の月光のなかに、ぼんやりと浮かび上がっている。

しだいに、遠藤が近付いてきた。足早に歩いてくる。その足音が、はっきりと聞こえるようになった。

遠藤が半町ほどに近付いたとき、その背後に浅野たち三人の姿が見えた。忍び足で、遠藤に迫ってくる。まだ、遠藤は浅野たちに気付いていない。

遠藤の姿が、三十間ほどに迫ってきた。

「いくぞ！」

雲十郎が築地塀の陰から通りに出、馬場もつづいた。

雲十郎たちが、通りのなかほどに立つと、遠藤が足をとめた。ふたりに気付いたのである。

「鬼塚と馬場か！」

遠藤が声を上げた。

「遠藤、おぬしに、訊きたいことがある」

雲十郎が遠藤に歩を寄せながら言った。

馬場は、すばやく遠藤の左手にまわり込んだ。右手は築地塀になっていたので、左手をふさいだのである。

「うぬらは、徒組ではないか。出過ぎた真似をすると、容赦《ようしゃ》しないぞ」

遠藤は憤怒に顔をゆがめ、右手で刀の柄をつかんだ。

雲十郎は四間ほどの間合をとって足をとめ、左手で刀の鯉口を切った。

「き、斬る気か！」

遠藤の視線が揺れた。雲十郎が居合の達人であることを知っているのだ。

「おぬし、次第だ」

雲十郎は遠藤が抵抗すれば、峰打ちにして捕らえるつもりだった。遠藤から聞きたいことがあったのである。

遠藤は後じさりながら背後に目をやった。

浅野たち三人は、遠藤のすぐ後ろに迫っていた。遠藤は足をとめた。後ろには、逃げられないと分かったらしい。

「おのれ！」

遠藤が抜刀した。

すかさず、雲十郎は刀を抜いた。居合で、峰打ちにするのはむずかしい。刀身を峰に返すために、柄を握りなおさねばならないからだ。

背後に立った浅野たち三人は、四間ほどの間合をとったまま抜刀し、切っ先を遠藤にむけた。馬場は抜かなかった。この場は、雲十郎にまかせる気らしい。

「居合が抜いたか」

遠藤は青眼に構え、切っ先を雲十郎にむけた。雲十郎が抜いたのを見て、勝てるとみたのかもしれない。

……なかなかの遣い手だ。

と、雲十郎はみた。

遠藤の構えは隙がなく、腰が据わっていた。ただ、剣尖《けんせん》の威圧は、それほどでもなかった。それに、肩に凝《こ》りがある。気が昂って、体に力が入っているのだ。

雲十郎は刀身を峰に返してから、脇構えにとった。居合の抜刀の呼吸で、脇構えから遠藤の腹を峰打ちにするつもりだった。

7

いっとき、雲十郎と遠藤は対峙したまま動かなかったが、

「いくぞ」

雲十郎が先に仕掛けた。

足裏を摺るようにして、ジリジリと遠藤との間合を狭めていく。

対する遠藤は、動かなかった。青眼に構えたまま雲十郎を見すえている。

ふたりの間合が狭まるにつれ、雲十郎と遠藤の全身に気勢が満ち、斬撃の気配が高まってきた。

ふいに、雲十郎の寄り身がとまった。まだ、一足一刀の斬撃の間境の半歩手前である。

雲十郎は全身に気勢を込め、斬撃の気配を見せ、
イヤアッ！

裂帛の気合を発して、半歩踏み込んだ。斬り込むと見せた誘いである。

この誘いに、遠藤がのった。甲走った気合を発し、踏み込みざま斬り込んできた。

青眼から真っ向へ——。

鋭い斬撃だったが、雲十郎はこの太刀筋を読んでいた。

間髪をいれず、雲十郎は左手に踏み込んで遠藤の斬撃をかわし、脇構えから刀身を横に払った。俊敏な体捌きである。

ドスッ、というにぶい音がし、遠藤の上体が前にかしいだ。雲十郎の峰打ちが、遠藤の腹を強打したのだ。

遠藤は苦しげな呻き声を上げたが、倒れなかった。上体を前に屈めたまま反転すると、よろめくような足取りで逃げた。

その遠藤の前に、室川が立ちふさがった。立ちふさがったというより、遠藤が室川の前に逃げてきたのだ。

「動くな！　遠藤」

室川が叫んだ。

「そこを、どけ！」

いきなり、遠藤が刀を振り上げ、
オオオッ！

と、獣の咆哮《ほうこう》のような叫び声を上げ、室川に斬りつけた。

袈裟へ——。

たたきつけるような斬撃だった。

咄嗟に、室川が右手に踏み込みながら、刀を横に払った。

次の瞬間、遠藤の切っ先が、室川の肩先を斬り下げ、室川のそれは遠藤の脇腹をえぐった。

室川は前に泳ぎ、遠藤は脇腹を押さえてその場に蹲《うずくま》った。

室川は足をとめると、右手で左肩を押さえた。小袖が裂け、血の色があったが、深手ではないようだ。

浅野が室川に近付こうとすると、

「かすり傷です」

と、室川が声を大きくして言った。

雲十郎や浅野たちは、腹を押さえて蹲っている遠藤を取りかこんだ。遠藤は苦しげな呻き声を上げ、両手で腹を押さえていた。その指の間から、血が幾筋も流れ落ちている。

……このままでは死ぬ！

とみた雲十郎は、すばやく懐から手ぬぐいを取り出して折り畳み、

「遠藤、これを腹に当てて押さえろ」

と、強い声で言った。

雲十郎は、この場で遠藤を死なせたくなかった。遠藤から、聞いておきたいことがあったのだ。

遠藤は雲十郎に目をむけ、戸惑うような顔をした。雲十郎が、自分を助けようとしているると思ったようだ。

「早くしろ、血をとめねば、死ぬぞ」

雲十郎は、強引に遠藤に手ぬぐいを渡そうとした。

だが、遠藤は手ぬぐいを取ろうとはせず、腹を押さえていた右手を離すと、いきなり腰の小刀を抜きはなった。

「……もはや、これまで！」

叫びざま、遠藤は小刀を己の首筋に当てて引き斬った。

一瞬の出来事だった。そばにいた雲十郎も、遠藤をとめることができなかった。

遠藤の首筋から血が迸り出た。首の血管を斬ったらしい。見る間に、首から肩や胸にかけて、血に染まっていく。だが、遠藤の意識はあった。すぐに、意識を失うほどの激しい出血ではなかったのだ。

雲十郎は遠藤の前に屈むと、

「遠藤、稲川たちに、利根村さまを斬れ、と命じたのはだれだ！」

と、語気を強くして訊いた。

「……………」

遠藤は答えなかった。

「だれだ！」

雲十郎は、さらに声を強くして訊いた。

「か、景山さま……」

遠藤がかすれ声で言った。

「なぜ、景山は、利根村さまを殺そうとしたのだ」

「……か、家老になるため」

「中老か」

雲十郎は畳みかけるように訊いた。

「そうだ……」

遠藤が絞り出すように言った後、低い呻き声を洩らした。顔が土気色になり、体の顫えが激しくなった。

ふいに、遠藤の呻き声がやみ、首ががっくりと前に落ちた。

遠藤は、それっきり動かなかった。首筋から、血が赤い筋を引いて流れ落ちている。

「死んだ……」

雲十郎がつぶやくような声で言った。

第六章　秘　剣

1

青磁色の月光が、路地を仄白く浮かび上がらせていた。路地沿いに植えられた欅の落葉が、晩秋の冷たい風に運ばれ、カサカサと音をたてている。

町木戸のしまる四ツ（午後十時）前だった。雲十郎と馬場は、神明町の小料理屋、小鶴近くの路地にいた。路地沿いに、小体な店や仕舞屋などが並んでいたが、どの家も夜の帳《とばり》につつまれ、ひっそりと寝静まっている。聞こえてくるのは、風音と、どこか遠方で聞こえる犬の遠吠えくらいである。

「仙石は、くるかな」

馬場が小声で言った。

雲十郎と馬場は、仙石が来るのを待っていたのだ。

「来るはずだ」

いっとき前、雲十郎は小弥太に頼み、小鶴にいる仙石に、この場に来るよう伝えてもらった。

そのさい、来なければ、小鶴に踏み込む、とも小弥太に話してもらった。その小弥太は、いまも、小鶴の店先を見張っているはずだった。仙石が姿を見せれば、知らせにくるだろう。

仙石は、雲十郎との勝負を逃げない、と雲十郎はみていた。逃げる気なら、稲川たちが江戸を離れたときに、小鶴から姿を消しているはずである。それに、仙石は腕のたつ剣客だった。雲十郎や馬場に勝負を挑まれて逃げれば、剣に生きてきた己を否定することになるのだ。

「おい、来たぞ」

馬場が言った。

路地の先に、黒い人影が見えた。小弥太が、疾走してくる。梟組らしく、ほとんど足音をたてない。

小弥太は雲十郎のそばに来ると、

「仙石が、来ます」

と、低い声で言った。闇のなかに、双眸が夜禽のようにひかっている。

「ひとりか」

「はい」

小弥太がそう言ったとき、路地の先に足音が聞こえた。

見ると、月光のなかに大柄な人影が浮かび上がっていた。顔は見えなかったが、牢人体である。大刀を一本落とし差しにしている。

「仙石だ」

雲十郎は、その大柄な姿に見覚えがあった。仙石である。

「おれに、助太刀させてくれ」

馬場が言った。

「いや、おれひとりでやる。仙石とは、剣で勝負をつけたい」

「いいだろう。……だが、おぬしが危ういとみたら、助太刀するぞ」

「勝手にしろ」

「おれは、後ろにいる」

馬場はそう言い残し、小弥太とふたりで身を引いた。

仙石はしだいに近付いてきた。雪駄《せった》の音が、路地にひびいている。

雲十郎は、路地のなかほどに立っていた。それほど道幅はなかったが、ふたりが闘うだけのひろさはあった。雲十郎が、この場を選んだのは、人影がなく、立ち合いのための場があったからである。

仙石は、雲十郎と四間ほどの間合をとって歩をとめた。夜陰のなかで、細い目が青白くひかっている。蛇を思わせるような目である。

「後ろにいるのは、馬場か」

仙石は、雲十郎の背後に目をやって顔をしかめた。

「馬場は検分役だ。……ただ、おれが討たれれば、馬場がおぬしに挑むかもしれんぞ」

馬場は、かならず仙石に勝負を挑むだろう。

「ふたりとも、おれが冥土に送ってやる」

仙石の口許に薄笑いが浮いた。

「おぬし、稲川たちだけでなく、遠藤が殺されたことも知っているな」

雲十郎たちが、遠藤を斬って三日経っていた。当然、仙石の耳にも入っているはずである。

「知っている」

仙石は、まだ両腕を垂らしたままだった。刀の鯉口も切っていない。

「なぜ、逃げなかった」

雲十郎が訊いた。

「小鶴を出るのは、おぬしを斬ってからだ」

「原柴さまに味方したのは、鬼仙流一門だからか」

「それもある」

「金か」

「金もあるが、それだけではない。おれを先手組の小頭に推挙してくれることになっていたのだ。……仕官の話は信用してなかったがな」

仙石は、隠さずに話した。稲川や遠藤が死に、原柴が黒幕であることも露見したいま、原柴とも縁がきれ、隠す必要がなくなったのだろう。

「だれが、推挙してくれることになっていたのだ」

雲十郎が訊いた。

「原柴さまと国許の景山さまだ。……もっとも、原柴さまが年寄になり、国許の景山さまが中老になったらの話だ」

「原柴が年寄で、景山は中老になるというのか」

雲十郎の胸に、景山に対する怒りが湧いた。景山が、此度の件の黒幕とみたからである。

「そのために、国許で年寄の利根村を斬ったそうだ」

仙石が他人事のように言った。

「うむ……」

雲十郎は、景山の狙いが読めた。景山は中老の座を競っていた利根村を暗殺することで、その座を確かなものにしようとしたのだ。その際、景山は自分がまったく表に出ないように、一刀流と鬼仙流の対立とみせ、自分とは直接かかわりのない稲川と滝沢を使ったのだ。しかも、自分に嫌疑がかけられないように、稲川と滝沢を出府させ、原柴に匿わせたのである。

おそらく、景山は自分が中老になった後釜《あとがま》に、原柴を推挙する、と原柴には話していたのだろう。

「ところで、谷崎どのを斬ったのは、おぬしか」

雲十郎が声をあらためて訊いた。

「そうだ」

仙石はこともなげに言った。

「やはりそうか」

雲十郎が口をとじると、

「鬼塚、話はすんだか」

仙石がそう言って、ゆっくりと刀を抜いた。

「すんだ」

雲十郎も、左手で鯉口を切り、右手を柄に添えた。

2

ヒュル、ヒュル、と寒風が吹き抜けていく。雲十郎と仙石は、人気のない路地で対峙していた。

ふたりの間合は、およそ四間――。まだ、一足一刀の斬撃の間境の外である。

仙石は八相に構えた。両肘《りょうひじ》を高くとり、刀身を垂直に立てている。

八相は木の構えともいうが、仙石の大柄な体軀とあいまって、まさに大樹を思わせるような大きな構えだった。その刀身が月光を反射《はね》て、銀色にくっきりと夜陰のなかに浮かび上がっている。

仙石の身辺には、多くのひとを斬ってきた者の持つ凄絶さと残忍さにくわえ、痺れるような殺気がただよっていた。

雲十郎は居合腰に沈め、居合の抜刀体勢をとった。

……十文字斬りを遣う！

雲十郎には、十文字斬りと称する必殺剣があった。

居合の抜き付けの一刀に、横霞と呼ばれる技があったが、それに縦稲妻《たていなずま》の技を連続して遣うのである。

縦稲妻は、上段から真っ直ぐ斬り下ろす太刀である。その斬撃が稲妻のように迅いことから、縦稲妻と呼ばれていた。

十文字斬りは、横霞から縦稲妻へ連続して遣う技である。横から縦へ閃光が十文字に疾《はし》ることから、十文字斬りと呼ばれていた。居合の迅さにくわえ、横から縦への鋭い変化をかわすのは難しい。

ふたりは、およそ四間の間合をとったまま対峙していた。ふたりとも全身に気勢を込め、斬撃の気配を見せて、気魄《きはく》で攻めていた。気攻めである。

ふたりは、塑像《そぞう》のように動かなかった。息づまるような緊張が、ふたりをつつんでいた。寒風が、ヒュルヒュルと鬼哭《きこく》のように聞こえてくる。

どれほどの時が過ぎたのであろうか。雲十郎と仙石は、すべての神経を敵に集中させていたので、時の経過の意識はなかった。

風に吹かれた枯れ葉が、雲十郎の趾《あしゆび》に絡まり、カサカサとちいさな音をたてた。その音が、ふたりをつつんでいた剣の磁場を破った。

「行くぞ」

仙石が先に動いた。

趾を這うように動かし、すこしずつ間合を狭め始めた。

対する雲十郎は動かなかった。気を静めて、仙石の気の動きと間合を読んでいる。

間合が狭まるにつれ、ふたりから痺れるような剣気がはなたれ、斬撃の気配が高まってきた。

……あと、半間。

雲十郎は、十文字斬りを仕掛ける間合を読んでいた。

抜き付けの横霞は、捨て太刀といってもいい。横霞から連続してはなつ縦稲妻が、敵を仕留める太刀である。したがって、一歩遠くから抜き付けの一刀をはなつことができるのだ。それも、十文字斬りの威力だった。敵は、雲十郎の遠間からの仕掛けに、虚を突かれるのである。

仙石がジリジリと間合を狭めてくる。

あと、二歩。……一歩！

刹那、雲十郎の全身に抜刀の気がはしった。

一瞬、仙石の顔に驚いたような表情が浮いた。雲十郎が、斬撃の間境の外から仕掛けたからである。

次の瞬間、雲十郎の体が躍動した。

イヤアッ！

裂帛の気合と同時に、シャッ、という刀身の鞘走る音がし、閃光が横一文字にはしった。横霞である。

その切っ先が、仙石の胸の前を横にはしった。

咄嗟に、仙石は八相から袈裟に斬り下ろした。雲十郎の仕掛けに、仙石の体が反応したのだ。

仙石の切っ先は、雲十郎の肩先をかすめて空を切った。まだ、斬撃の間境の外だったからである。

タアッ！

間髪をいれず、雲十郎は鋭い気合とともに真っ向へ斬り込んだ。

横霞から縦稲妻へ——。

横から縦へ閃光がはしった。十文字斬りの一瞬の太刀捌きである。

仙石の眉間《みけん》に血の線がはしった。

次の瞬間、裂けた仙石の額から、血飛沫《ちしぶき》が飛び散った。仙石は前に泳ぎ、足がとまると反転した。

雲十郎も、大きく間合をとってから踵を返した。

仙石は、ふたたび八相に構えた。雲十郎は、仙石と対峙して脇構えにとった。刀を鞘に納める間がなかったのである。

仙石の顔が、額から噴出した血で真っ赤に染まっている。その血のなかに、両眼が白く浮き上がったように見えた。

「おのれ！」

仙石が憤怒に顔をしかめて叫んだ。殺鬼のような凄まじい形相である。

雲十郎の顔も、仙石の返り血を浴びて、赤い斑《まだら》に染まっている。鬼神のようだった。

仙石の八相に構えた刀身が、小刻みに震えていた。月光を乱反射して、青白い光芒《こうぼう》のように見える。

仙石の額の傷は、それほど深くはなかった。命にかかわるような傷ではない。雲十郎の縦稲妻の踏み込みが足りなかったのである。

だが、雲十郎は、仙石が平静さを失っているのを見て、

……勝てる！

と、踏んだ。

仙石は、顔を血でおおわれたせいもあって、我を失っていた。体に力が入り過ぎて、構えた刀が震えている。立ち合いのおりの激情は読みを狂わせ、体の力みは一瞬の反応を遅くさせる。

「まいる」

雲十郎が先《せん》をとった。

腰を沈めたまま、足裏を摺るようにして仙石との間合を狭め始めた。雲十郎は、脇構えから横霞のように刀身を横に払い、連続して縦稲妻を遣うつもりだった。

居合ではないので、横霞の太刀に迅さと鋭さが欠けるが、いまの仙石なら仕留められるはずである。

仙石も動いた。摺り足で間合をつめてくる。ふたりの間合が一気に狭まり、斬撃の気配が高まった。

……あと、半間。

そう、雲十郎が読んだときだった。

突如、仙石の全身に斬撃の気がはしり、
タアアッ！

凄まじい気合を発し、八相に構えたまま踏み込んできた。

雲十郎は、仙石が斬撃の間合に迫ったのを察知した瞬間、鋭い気合を発し、脇構えから横一文字に刀身を払った。

刹那、仙石も八相から袈裟に斬り下ろした。

横一文字と袈裟――。

二筋の閃光が交差した次の瞬間、
タアッ！

雲十郎が鋭い気合を発して斬り込んだ。

真っ向へ――。

縦稲妻である。

その切っ先が、仙石の頭をとらえた。

にぶい骨音がし、仙石の額が縦に割れた瞬間、血と脳漿が飛び散った。

仙石は前によろめき、足がとまると、腰からくずれるように転倒した。悲鳴も呻き声も上げなかった。

地面に仰臥した仙石の額からは、血が迸り出ていた。カッと両眼を瞠き、口をあんぐりあけたまま仙石は絶命していた。顔が柘榴のように血に染まっている。

仙石の頰をつたって流れ落ちた血が、地面にひろがっていく。

雲十郎は、横たわった仙石のそばに歩を寄せた。雲十郎の顔も返り血で赭黒《あかぐろ》く染まり、気の昂りで、双眸が燃えるようにひかっている。

雲十郎は大きく息を吐いた。三度吐くと、心ノ臓の高鳴りがいくぶん収まり、体を駆け巡っていた血の滾《たぎ》りも静まってきた。

雲十郎は仙石の脇に屈み、血塗れた刀身を仙石の袂《たもと》で拭《ぬぐ》っていると、馬場が近寄ってきた。

「見事だ！」

馬場が昂った声で言った。

「危うかったよ」

本音だった。仙石との勝負は、紙一重の差だった。いま、仙石でなく、自分が血塗れになって横たわっていても不思議はない。

「この死体は、どうする」

馬場が、血塗れになっている仙石に目をやって言った。

「ここに、放置しておくわけにはいかないな」

いまは人影がないが、明るくなれば大勢のひとが行き来し、仙石の死体に目をむけるだろう。無様な死顔を晒しておくのは、哀れである。

「この路地の先に、寺があったな」

馬場が言った。

「境内まで、運んでおくか」

雲十郎は、本堂の前まで運んでおけば、寺の者が始末してくれるだろうと思った。

3

「鬼塚、だれか来たらしいぞ」

馬場が戸口の方に目をやって言った。

雲十郎と馬場は、山元町の借家の座敷にいた。朝餉の後、ふたりは羽織袴に着替え、借家を出ようとしていたところだった。雲十郎は山田道場に、馬場は愛宕下にある藩邸へ行くのである。

「おれが、見てくる」

馬場が戸口にむかった。

すぐに、戸口で馬場と浅野の声が聞こえた。はまと俊之助の声もする。どうやら、浅野がはまと俊之助を連れてきたらしい。

待つまでもなく、馬場が浅野、はま、俊之助の三人を連れて座敷に入ってきた。

はまと俊之助は、座敷に座ると、

「鬼塚さま、馬場さま、おふたりのお蔭で、父の敵を討つことができました。……また、叔父上の敵である仙石市兵衛を討っていただき、心から御礼申し上げます」

はまがいつになく丁寧に礼を言い、ふたりそろって、深々と頭を下げた。

三日前、雲十郎は浅野に仙石を討ったことを話しておいた。浅野から、はまたちに話があったのだろう。

はまと俊之助が、稲川と滝沢を討って二十日ほど過ぎていた。この間、ふたりは藩邸内にとどまっていた。まだ、原柴や国許の景山の始末がつかず、迂闊《うかつ》にふたりを国許に帰すと命を狙われる恐れがあり、江戸家老の小松の配慮で、愛宕下の藩邸に滞在していたのである。

はまと俊之助の顔には、敵討ちのためにこの家に剣術の稽古に通っていたころのような思い詰めた表情はなかった。はまの色白の顔には清楚《せいそ》な美しさにくわえ、娘らしい色香もあった。俊之助には、男の子らしい潑剌《はつらつ》さが感じられる。

「この家では、堅苦しい挨拶は抜きだ」

馬場が苦笑いを浮かべて言った。

「ところで、何かあったのか」

雲十郎が、浅野に訊いた。浅野がはまと俊之助を連れてきたのは、何かあったからであろう。

「原柴と八坂からひととおり話を聞いたのでな、分かったことを鬼塚と馬場に話しておこうと思って来たのだ。……それに、はまと俊之助が、明後日、江戸を発つことになってな。ふたりが鬼塚と馬場に会って、礼を言いたいというので連れてきたわけだ」

浅野が言うと、

「明後日、国許に帰ることになりました。……父の敵を討ち、国許に帰参できるのも、鬼塚さまと馬場さまのお蔭でございます」

あらためて、はまが礼を言い、俊之助とふたりで頭を下げた。

「よかったな」

馬場が目を細めて言った。馬場は情にもろいところがあり、まだ子供ともいえるふたりが親の敵討ちのために出府したと聞いたときから、親身になってふたりの面倒をみていたのである。

「それで、原柴は此度の件にかかわったことを認めたのか」

雲十郎が訊いた。原柴が稲川たちを匿い、陰で稲川や仙石たちに指図していたことは確かである。

「それが、なかなか認めなかったのだ」

浅野によると、江戸家老の小松の許しを得て、原柴から話を聞いたが、まともに答えようともしなかったという。

「それで、先に八坂を吟味したのだ。……鬼塚が仙石から聞き出したことを基に、八坂を追及すると、しぶしぶ話しだした。もっとも、八坂は原柴に頼まれたことをやっただけで、原柴や景山の陰謀に荷担したわけではないらしい。八坂は、大罪を犯したとは思っていないようだ」

「八坂は、原柴や景山のことも、しゃべったのか」

雲十郎が知りたかったのは、八坂自身のことでなく、原柴と景山のことだった。

「しゃべった。八坂によると、原柴は景山の意を汲んで動いていたようだ」

「やはり、景山は中老の座を狙って、利根村さまを襲ったのか」

雲十郎はそう訊いてから、はまに目をやった。利根村ははまの父親だった。はまがどう思うか、気になったのである。

はまは、表情を変えなかった。視線を伏せただけである。おそらく、はまと俊之助は浅野から原柴や景山のことを聞いていたにちがいない。

「そのようだ。……八坂の話によると、稲川たちは景山の指図で、利根村さまを襲ったらしい」

「やはりそうか。ところで、原柴は江戸詰の要職にあるお方の命も狙っていたらしいが、だれか分かるか」

雲十郎は、家老の小松と年寄の牧田の名を出してみた。

「ご家老のようだ」

浅野によると、原柴は江戸家老の小松とはそりが合わず、何かと反発することが多かったという。それに、小松が死ねば、その後釜に景山が座る可能性が高くなり、そうなれば、原柴が年寄を通り越して中老になる目も出てくるそうだ。

「それで、原柴は、ご家老を亡き者にしようとしたのか」

雲十郎の顔に、怒りの色が浮いた。原柴の奸策《かんさく》に腹がたったのである。

「そうらしい」

次に口をひらく者がなく、座敷が重苦しい沈黙につつまれたとき、

「それで、原柴と景山はどうなるのだ」

馬場が語気を強くして訊いた。

「ふたりとも、切腹はまぬがれまいな」

浅野が言った。

すでに、江戸家老の小松から、事件にかかわる上申書と横倉の口上書が国許にいる藩主、倉林阿波守忠盛に送られているという。その上申書には、これまでの事件の経緯、遠藤の死に際の自白内容、それに、はまと俊之助がみごと父の敵を討ったことなどが認《したた》めてあるそうだ。

「それで、八坂はどうなるのだ」

馬場が訊いた。

「八坂も、何らかの処罰を受けような。……蟄居《ちっきょ》か、隠居か、それほど重い罪ではないだろう」

浅野が言った。

「いずれにしろ、これで始末がついたわけだな」

そう言って、雲十郎は、はまと俊之助に目をやった。

すると、俊之助が身を乗り出すようにして、

「鬼塚さま、馬場さま、お願いがございます」

訴えるように言った。はまも、雲十郎と馬場を見つめている。

「なんだ」

雲十郎が訊いた。

「これからも、剣術の指南をしていただきたいのです」

俊之助が言うと、

「わたしと俊之助を、おふたりの弟子にしてください」

はまが、畳に両手を突いて言い添えた。

「で、弟子にしろと言われても、困るなァ。……鬼塚、そうだろう。おれたちは、弟子をとるほどの腕ではないし……」

馬場が、照れたような顔をして雲十郎に目をむけた。

「ふたりは、国許に帰るのではないか」

はまと俊之助は、国許に帰参することになり、その挨拶に来たはずである。たとえ、弟子になっても、江戸で稽古はできない。

「鬼塚さまと馬場さまは、国に帰られないのですか」

はまが訊いた。

「そのうち、帰るだろうが……」

いつになるか、分からない、と雲十郎は思った。馬場も、当惑したような顔をして首をかしげている。いつ国許へ帰れるか、馬場も当てはないのだ。

「お帰りになられてから、指南してください」

はまにつづいて、俊之助が、

「それまで、父が通った一刀流の道場で、稽古をつづけます」

と、声を大きくして言った。

「それがいいな」

雲十郎は、国許の一刀流の道場なら、いい稽古ができるだろう、と思った。

雲十郎が身につけているのは居合と山田流試刀術だった。居合はともかく、試刀術は死体を斬ったり、介錯のおりに首を刎《は》ねたりする術である。女のはまや若い俊之助が、身につけるような刀法ではないのだ。

それから、浅野たちは一刀流や国許のことなどを話してから腰を上げた。

「鬼塚さま、馬場さま、おふたりのお帰りをお待ちしています」

はまが涙ぐんだ声で言い残し、戸口から離れていった。

4

夕陽が、借家の脇の稽古場を淡い蜜柑《みかん》色に染めていた。

風のない静かな雀色時《すずめいろどき》である。どこからか、赤子の泣き声と、あやしている母親らしい女の声が聞こえてきた。近所ではないはずだが、静寂につつまれているせいか、その声が妙にはっきりと聞き取れる。

雲十郎は、稽古場にひとり立っていた。はまと俊之助が国許に帰ってから、十日ほど経つ。雲十郎は山田道場での稽古を終えた後、借家にもどったが、夕餉まで間があるので、一汗かこうと思ったのである。

雲十郎の前には、二枚の畳が立ててあった。はまと俊之助が稽古に使った畳で、所々刀身で刺した穴があいていた。

……まず、軒の蜘蛛か。

雲十郎はそうつぶやき、立てた二枚の畳の脇にまわった。畳を斬るのではなく、二枚の畳の間に斬り下ろすのである。

雲十郎は、腰に差した大刀の柄を握って、居合腰に沈めた。居合の抜き付けの一刀で、二枚の畳の間に斬り下ろしてみようと思ったのだ。

雲十郎は気を静め、脳裏に軒から下がる蜘蛛を思い描き、
ヤアッ！

鋭い気合を発して、抜き付けた。

刀身の鞘走る音とともに、閃光が弧を描いた。次の瞬間、サクッというかすかな音がし、雲十郎の手にした刀身が、二枚の畳の間に吸い込まれた。

雲十郎は、右手だけで刀を手にしたまま動きをとめた。刀身は、地面から膝ほどの高さでぴたりととまっている。

……いま、一手。

雲十郎は畳の間から刀を抜き、鞘に納めた。

ふたたび、雲十郎は二枚の畳に相対し、居合腰に沈めると、鋭い気合とともに抜き付けた。

刀身は閃光とともに二枚の畳の間に吸い込まれ、膝ほどの高さでとまった。藁屑ひとつ落ちていない。

雲十郎は小半刻（三十分）ほど、居合で軒の蜘蛛の稽古をつづけた。そして、体が汗ばんできたころ、

……次は、十文字斬りだ。

と、胸のうちでつぶやいた。

雲十郎は、これまでより一歩、間合を遠くして二枚の畳の前に立った。

気を静め、対峙している敵の姿を脳裏に浮かべ、

イヤアッ！

裂帛の気合を発し、横一文字に抜き付けた。

刀身の鞘走る音とともに、閃光が横一文字に疾った。横霞である。

間髪をいれず、一歩踏み込みざま、真っ向へ斬り下ろした。横霞から縦稲妻へ。閃光が十文字に疾った。

サフッ、というちいさな音がし、刀身が二枚の畳の間に吸い込まれた。強い斬撃だったが、まったく畳を傷付けなかった。

……斬れた！

雲十郎は、脳裏に描いた敵の真っ向をとらえたと思った。

ふたたび、雲十郎は刀を鞘に納め、脳裏に敵を思い浮かべて、横霞から縦稲妻へと刀をふるった。

雲十郎は、脳裏に描いた敵との間合を近くしたり遠くしたりしながら、十文字斬り

の稽古をつづけた。

陽が家並の向こうに沈み、辺りが淡い夕闇に染まってきた。稽古場に雲十郎の気合がひびき、刀をふるうたびに、銀色の閃光が夕闇を切り裂いて十文字に疾った。

そのとき、雲十郎は背後に近付く足音を聞いた。だれか来たようである。雲十郎は刀を鞘に納め、背後に目をやった。

夕闇のなかに、鳥追姿のゆいが立っていた。ゆいは菅笠を手にし、三味線を肩にかけていた。

「雲十郎さま、剣術の稽古ですか」

ゆいは、雲十郎の前に歩を寄せた。色白の顔が、夕闇のなかに浮き上がったように見える。

「道場から早くもどったのでな」

雲十郎が手の甲で、額の汗を拭いながら言った。

「はまどのと俊之助どののは、ここで稽古をしたのですね」

「そうだ。……ところで、ゆい、何かあったのか」

ゆいは、雲十郎の稽古を見にきたわけではないだろう。

「原柴さまが、今日の未明、自害なされました」

ゆいが小声で言った。

「なに！　自害したと」

思わず、雲十郎の声が大きくなった。

「はい、藩邸の小屋の座敷で、腹を召されたようです。……浅野さまたちに知らされたのは、昼ごろのようです」

馬場の帰りが遅いのは、その件で、浅野たちと始末にあたっているせいかもしれないと思った。

「切腹か……」

おそらく、原柴は切腹はまぬがれないと思い、藩主からの沙汰が届く前に自裁したのであろう。

「藩邸に行かれますか」

「いや、おれが行ってもやることはない」

そのうち、馬場も帰ってくるだろう。

雲十郎は、稽古をつづけようかと思ったが、その気も失せていた。夕闇も、濃くなっている。

ゆいは、雲十郎から二間ほど離れたまま立っていた。何か言いたそうな顔をしているが、口をつぐんだままである。

「小弥太は、どうした」

雲十郎が訊いた。

「昨日、発ちました」

「国許へもどったのか」

「はい、此度の件の始末がつきましたから」

「そうか」

ならば、ゆいも任務も終えたはずだ、と雲十郎は思った。

「わたしも、明日、江戸を発ちます」

ゆいが、急に切なそうな顔をして雲十郎を見た。

「……………」

そうか、ゆいは別れのために、ここに来たのだ、と雲十郎は察知した。

ゆいは、雲十郎を見つめていたが、

「雲十郎さま、国許へ帰られるのは、いつですか」

と、小声で訊いた。

「いつになるか、分からない」

雲十郎は、はまに同じことを訊かれたのを思い出した。

「……」

ゆいは、黙っていた。

「ゆい、もう江戸には来ないのか」

雲十郎が訊いた。

すると、ゆいが一歩身を寄せ、

「雲十郎さまが、江戸におられる間は、何度でも江戸にまいります」

と言って、踵を返した。

小走りに去っていくゆいの後ろ姿が、夕闇のなかに霞んでいく。雲十郎は稽古場に立ったまま、ゆいの後ろ姿に目をやっていた。

一〇〇字書評

切・り・取・り・線

購買動機（新聞、雑誌名を記入するか、あるいは○をつけてください）					
□（　　　　　　　　　　）の広告を見て					
□（　　　　　　　　　　）の書評を見て					
□ 知人のすすめで			□ タイトルに惹かれて		
□ カバーが良かったから			□ 内容が面白そうだから		
□ 好きな作家だから			□ 好きな分野の本だから		
・最近、最も感銘を受けた作品名をお書き下さい					
・あなたのお好きな作家名をお書き下さい					
・その他、ご要望がありましたらお書き下さい					
住所	〒				
氏名		職業		年齢	
Eメール	※携帯には配信できません		新刊情報等のメール配信を 希望する・しない		

この本の感想を、編集部までお寄せいただけたらありがたく存じます。今後の企画の参考にさせていただきます。Eメールでも結構です。

いただいた「一〇〇字書評」は、新聞・雑誌等に紹介させていただくことがあります。その場合はお礼として特製図書カードを差し上げます。

前ページの原稿用紙に書評をお書きの上、切り取り、左記までお送り下さい。宛先の住所は不要です。

なお、ご記入いただいたお名前、ご住所等は、書評紹介の事前了解、謝礼のお届けのためだけに利用し、そのほかの目的のために利用することはありません。

〒一〇一-八七〇一
祥伝社文庫編集長　坂口芳和
電話　〇三（三二六五）二〇八〇

祥伝社ホームページの「ブックレビュー」からも、書き込めます。
http://www.shodensha.co.jp/bookreview/

祥伝社文庫

鬼神《きしん》になりて 首斬《くびき》り雲十郎《うんじゆうろう》

平成27年 3月20日　初版第1刷発行

著　者　鳥羽《とば》亮《りよう》

発行者　竹内和芳

発行所　祥伝社《しようでんしや》

東京都千代田区神田神保町 3-3

〒101-8701

電話　03（3265）2081（販売部）

電話　03（3265）2080（編集部）

電話　03（3265）3622（業務部）

http://www.shodensha.co.jp/

印刷所　萩原印刷

製本所　積信堂

カバーフォーマットデザイン　中原達治

Printed in Japan ©2015, Ryō Toba ISBN978-4-396-34101-5 C0193

祥伝社文庫の好評既刊

鳥羽　亮
必殺剣「二胴《ふたつどう》」
壮絶な太刀筋、必殺剣「二胴」。父を殺され、仲間も次々と屠られる中、小野寺左内はついに怨讐《おんしゅう》の敵と！

鳥羽　亮
さむらい　青雲の剣
極貧生活の母子三人、東軍流剣術研《とうぐんりゅうけんじゅつけん》鑽《さん》の日々の秋月信介《あきづきしんすけ》。待っていたのは父を死に追いやった藩の政争の再燃。

鳥羽　亮
さむらい　死恋の剣
浪人者に絡まれた武家娘を救った一刀流の待田恭四郎。対立する派の娘と知りながら、許されざる恋に……。

鳥羽　亮
新装版　鬼哭《きこく》の剣　介錯人《かいしゃくにん》・野晒《のざらし》唐十郎①
首筋から噴出する血の音から名付けられた奥義「鬼哭の剣」。それを授かる唐十郎の、血臭漂う剣豪小説の真髄！

鳥羽　亮
新装版　妖《あやか》し陽炎《かげろう》の剣　介錯人・野晒唐十郎②
大塩平八郎の残党を名乗る盗賊団、その陰で連続する辻斬り……。小宮山《こみやま》流居合の達人・唐十郎を狙う陽炎の剣。

鳥羽　亮
新装版　妖鬼飛蝶の剣　介錯人・野晒唐十郎③
小宮山流居合の奥義・鬼哭の剣を封じる妖剣〝飛蝶の剣〟現わる！　唐十郎に秘策はあるのか!?

祥伝社文庫の好評既刊

鳥羽　亮　新装版　双蛇《そうじゃ》の剣　介錯人・野晒唐十郎④

鞭の如くしなり、蛇の如くからみつく邪剣が、唐十郎に襲いかかる！　疾走感溢《あふ》れる、これぞ痛快時代小説。

鳥羽　亮　新装版　雷神の剣　介錯人・野晒唐十郎⑤

かつてこれほどの剛剣があっただろうか？　剣を断ち折って迫る「雷神の剣」に立ち向かう唐十郎！

鳥羽　亮　新装版　悲恋斬り　介錯人・野晒唐十郎⑥

女の執念、武士の意地……。兄の敵討ちを依頼してきた娘とその敵の因縁とは。武士の悲哀漂う、正統派剣豪小説。

鳥羽　亮　新装版　飛龍の剣　介錯人・野晒唐十郎⑦

道中で襲い来る馬庭念流《まにわねん》、甲源一刀流《こうげんいっとう》、さらに謎の幻剣「飛龍の剣」が……危うし野晒唐十郎！

鳥羽　亮　新装版　妖剣おぼろ返し　介錯人・野晒唐十郎⑧

唐十郎に立ちはだかる居合術最強の敵。おぼろ返しに唐十郎の鬼哭の剣はどこまで通用するのか!?

鳥羽　亮　新装版　鬼哭《きこく》　霞飛燕《かすみひえん》　介錯人・野晒唐十郎⑨

同門で競い合った男が敵として帰ってきた。男の妹と恋仲であった唐十郎の胸中は――。

祥伝社文庫の好評既刊